小小说名家精品文库

杨晓敏 主编

乡里乡亲

XIANGLI XIANGQIN

赵新 著

沈阳出版发行集团
沈阳出版社

图书在版编目（CIP）数据

乡里乡亲 / 赵新著 . -- 沈阳：沈阳出版社，
2022.8
（小小说名家精品文库 / 杨晓敏主编）
ISBN 978-7-5716-2575-7

Ⅰ . ①乡… Ⅱ . ①赵… Ⅲ . ①小小说 – 小说集 – 中国
– 当代 Ⅳ . ① I247.82

中国版本图书馆 CIP 数据核字（2022）第 127919 号

出版发行：沈阳出版发行集团|沈阳出版社
（地址：沈阳市沈河区南翰林路10号 邮编：110011）
网　　址：http://www.sycbs.com
印　　刷：辽宁泰阳广告彩色印刷有限公司
幅面尺寸：145mm×210mm
印　　张：10.5
字　　数：300千字
出版时间：2022年12月第1版
印刷时间：2022年12月第1次印刷
责任编辑：沈晓辉　鲁莎莎
装帧设计：杨　雪
责任校对：郑　丽
责任监印：杨　旭

书　　号：ISBN 978-7-5716-2575-7
定　　价：62.00 元

联系电话：024-24112447　024-62564922
E - mail：sy24112447@163.com

《小小说名家精品文库》

序

杨晓敏

当代小小说于 20 世纪 80 年代兴盛至今，从参与读写人数、生存时间长度和独具的艺术魅力上，已成为当代文学读写的重要组成部分。小小说简约通脱，雅俗共赏，注重思想内涵的深刻和艺术品质的锻造，小中见大、纸短情长，自有其相对规范的字数限定、审美态势、结构特征以及艺术规律上的界定，在写作和阅读上从者甚众。平民艺术的质朴与单纯，简洁与明朗，加上理性思维与艺术趣味的有机融合，极其本色和看得见、摸得着的亲和力，无不加速全民阅读、书香社会的形成。小小说文体成熟的标志是，有琳琅满目的经典作品，有数以百计的代表作家，有从创作实践中不断完善的文体理论体系以及两代以上读者的阅读认可。小小说作为一种时代文体，与源远流长的《诗经》、《楚辞》、汉赋、唐诗、宋词、元曲、明清小说文脉相承，是与时代进步合拍的文化建设成果。

在当下的文学大家族里，小小说作为一种新的文学样式，从多方面调动了大众对文学的参与、理解和认同，为提升全民族的审美鉴赏能力，为传播文化、传承文明提供了一种行之有效的“另一种可能”。小小说成功地在精英文化和通俗文化之间打开了大众文化的通道，对于文化市场的介入与渗透，悄然构建了多元的文学读写格局，对于潜移默化地提升国民综合素质，全面提高全民族的文化水平和健康的审美情趣，树立正确的价值观念，应属一项首推的系统工程。小小说让文学回归民间，大众参与阅读，大众参与创作，本身就形成了自觉的文化选择。参与读写的过程，亦是致力于进步的文化行动。让普通人在读写中增长智慧或者得以心灵愉悦，为时代进步提供大面积的“大众智力资本”的支持，无论如何都是文学和社会的幸事。

《小小说名家精品文库》的编选与出版，旨在为广大读者提供有较高艺术水准、值得珍藏与阅读鉴赏的优质读本。以作家为经，以作品为纬，遴选精品佳构，推介名家新秀，致力于为文化市场提供大众的读写需求。入选作家的六部小小说作品集互为观照，组合出一处千姿百态的文化景区，在遵循文学艺术创作规律的前提下，兼容和尊重作家在选材、形式、立意上进行的探索和创新性劳动，从中可以窥见作家们对于题材选择、创作个性和艺术趣味的审美追求以及反映生活、观察世界的认知能力。

津子围以写中长篇小说为主，获誉甚多，这部小小说集《星星之城》的创作显得驾轻就熟，得心应手，既秉承了《左氏春秋》《阅微草堂笔记》《聊斋志异》深厚传统，又充分借鉴了欧亨利、博尔赫斯、鲁尔福、科塔萨尔的叙述技巧，所选小说集中刻画了现实生活中的小人物，选材自由，写法多变，人物个性鲜明，文气充沛通达，全方位呈现了小小说世界的丰富性与各种文学品质抵达的可能性。作品富有想象力，情节诡异，立意深远，结局常常出人意料而发人深思。作品能够在小小说“螺蛳壳中的道场”里营造出场景、色彩、气味和温度，追求大境界，对人性有深入的探索和挖掘。作品的内在逻辑连贯无隙，语言有弹性有节奏，自然流畅，妙趣横生，阅读起来读者的参与感强。

赵新是年逾八秩的老作家，毕生致力于乡土文学创作，已形成鲜明的艺术风格，《乡里乡亲》所描述的农村生活丰富多彩，生动新鲜。作者关注社会现实，尤其是关注农村变迁中农民的切身感受，在有限的篇幅里，通过活生生的人和事，像一位乡村歌者吟唱他们的喜怒哀欢，所思所想，他们的生存状态、处世态度、心灵渴望以及爱憎。他的小说人物是从村子里那些茅屋瓦舍中走出来的，是从阡陌纵横的田间走出来的，那些人物的身上散发着泥土的味道，散发着小麦或高粱的清香。他们一个个鲜活真实，栩栩如生，参差错落地生活在那片大平原上，把那块土地装点得生机勃勃。身边的故事，熟悉的场景，加上深邃的思考，写活了各色人物，成为一种简洁明了、呈现动态状的叙述艺术，令人赏心悦目。

在聂鑫森的《小人儿书店》里，可以感受到作家深厚的国学素养，在塑造人物时所倾注的人类尊严、达观自信以及对国家民族、传统文化的忧患意识，表现出地道的中国传统小说的艺术功力，散发着浓郁的民族气派和古典主义的人文情怀。另有一种专业的、新鲜的、流畅的相关物事的常识性描写，愈发引人入胜。作品切入当下的现实生活，塑造了长街小巷、工厂、农村、学校的能工巧匠、高人雅士、普通劳动者，他们各有各的精彩故事，各有各的胸襟气度。在“故事”之外，作者努力营造浓郁的文化氛围，透现人物的文化品格，擅长描写那些被传统文化深度浸染的人物。讲究小说的谋篇布局、语言的精致隽永，在艺术表达中通过高雅审美，折射出理性的光芒。让读者品啜之中，余味愈浓。

刘建超的《老街故事》在对“古城老街”民俗风情的系列描写中，以当代人的视角呈现豫西百年的民间传说、人物故事。作者用充盈的笔墨渲染展现丰富的历史文化积淀，在对人情世故的体察中，揭示民族的文化心态和处世态度。通过对市井生活的体贴感知和深沉濡染，勾画出一幅富有生命力的老街风情图，各色人物在画卷演绎着生活的悲欢离合、喜怒哀乐，形成众声喧哗之势。在繁杂喧闹的世俗图景背后，隐藏了作者对平凡人物人事命运的关注和体察。作品具有英雄主义精神和理想主义底色，塑造的人物对社会、家庭和责任勇于担当，即使是市井人物，也多是嫉恶如仇、有侠肝义胆的角色，形象饱满生动，故事构思巧妙，素材剪裁自如。这种挟带着人性、尊严、道义的永恒题材所营造出来的艺术氛围，本身就契合读者的阅读期待。

范子平的《都市沙漠》是对历史的回顾和当下生活的再现，反映了广阔的社会背景和时代的变迁。这些小小说把焦点对准人物的心理层面加以透视，以反映生命与生存，通过对底层生活的入微观察与体验感悟，尤其对大众生存状态的复杂性进行形而上的探索思考，引发对某些现存价值观的反思，把对人性拷问的探索，对故事深层的文化思考渗入小小说情节之中，呈现出独特的艺术张力。在构思上机智善辩，从形式到内容，从生活现象到生活本质上展现矛盾，集中体现在抓住生活中内容与形式的反差、现象与本质的矛盾来提炼故事情节，使这些小小说拥有了幽默、讽刺、隐喻以及抒情的力量。作品注重思想内涵、艺术品位和智慧含量的综合考量，让人读起来能粘住眼球，读后津津乐道。

佟继萍生长在蒲河岸边，把蒲河视为灵魂栖息地和精神家园，《蒲河之约》以细腻的叙事和独具民俗风情的描写，在熟悉的蒲河两岸构筑着自己的小小说王国。尤其对小镇人物的关切及艺术性还原，摇曳着古典美的情感，散发着泥土芬芳和迷人的幽香。作者洞悉普通人的兴衰际遇，深层次揭示了职场人物的复杂环境和微妙心理，扎实灵动的文字，展现了作者艺术表现力、心理描写和气氛营造相得益彰，产生出良好的艺术效果，作品耐人寻味。笔下的人物刻画细腻，形象生动饱满，性格鲜明，语言清丽脱俗，舒缓有致，浓郁的地域风情迎面扑来，给人一种美的享受。

好的小小说应是思想内涵、艺术品位和智慧含量的综合体现。

所谓思想内涵，是指作者赋予作品的“立意”，它反映着作者提出（观察）问题的角度、视野、深度以及批判意识、质疑姿态等，深刻或者平庸，一眼可判高下。艺术品位，是指作品在塑造人物性格、设置故事情节、营造特定环境中所折射出来的创意、情怀和境界等。而智慧含量，则属于精密判断后的“临门一脚”，是简洁明晰的“临床一刀”，解决问题的方法、手段和质量，见此一斑。

《诗经》作为文学之源，来自民间，应属“平民艺术”，自楚辞之后文学进入了士大夫即精英阶层，一直以“主流”的生存姿态渐成少数人的事，至 20 世纪 80 年代经济崛起带动文化教育普及，加上网络等现代媒介的便利，当代文学读写开始在民间复苏并勃兴，文体流变数千年后，小小说作为一种新兴的大众读写文体，终于又与民间的《诗经》在艺术精神上悄然接续，营造出一种由大多数人参与读写的文学生态。

一茬茬优秀的小小说作家浮出水面，一批批堪称佳构的小小说作品炫人眼目，在赢得作家的文学地位的同时，也为社会大众提供了量、质兼具的优秀精神食粮。因为这些创作精短作品的作家们知道，在同样具有思想内涵、艺术品位和智慧含量的前提下，节省阅读时间就是对读者的最大尊重，给自己和别人带来一次哪怕是简单的快乐，也令读写者们乐此不疲，而一次次的快乐叠加，会为我们的伟大时代和人生旅途平添缤纷的色彩。

目　录

contents

变来变去
第二辑

乡思乡恋
第三辑

第四辑 有意无意

乡风
第五辑
乡韵

| 第一辑 |

别有洞天

BIE YOU DONG TIAN

一个老百姓

村里人把在国家机关正式上班的人叫作公家的人。

他就是一个公家的人：他在市政府上班，名字叫作张亦然，男性，35岁，面皮白净，举止文雅，是某某局办公室主任。

过了中秋节，草木上有了一层霜雪的时候，张亦然到市郊的S县下乡。在县城办完公事、开着车往回走的时候，他看见了大路旁边红了叶子的柿子树，看见红了叶子的柿子树上挂着的密密麻麻的大柿子，那柿子就像灯笼一样，红得耀眼，红得透明。正是傍晚时刻，夕阳西下，山野苍茫，那一棵又一棵的柿子树就是一团团烈火，就是一簇簇落霞。

张亦然心里一激动，就放慢了行车速度。

张亦然心里一兴奋，就把轿车靠路边儿停了下来。

张亦然是个爱吃柿子的人，张亦然的夫人是个非常爱吃柿子的女人，张亦然的12岁的女儿是个特别爱吃柿子的孩子。他们一家三口，脾气秉性各不相同，但是都喜欢吃柿子，都喜欢吃硬柿子、脆柿子，在这一点上和谐一致，口味相同而又相同。

张亦然下了车，立在田埂上四面八方地看了看，前边的村庄炊烟缕缕，朦朦胧胧，有饭香时隐时现地飘了过来，却看不见一个人。

张亦然跑了几步，登上了一面斜坡，猛地仰头一望，一棵树上的柿子碰疼了他的额头，而那柿子也在悠悠地晃动。

他感到很有诗意。他在心里问那颗柿子："你晃悠什么呢，我没有把你碰疼吧？"

他感到很是奇怪：有这么大个儿这么鲜亮这么让人垂涎三尺的伸手可得的柿子，有这么繁茂这么丰收的一大片柿子树林，怎么没有一位看护人员呢，不怕被谁谁偷了柿子，不怕被什么什么糟蹋了东西吗？

他笑了。他想，谢天谢地，我今天算是来着了。

他抬手在树上摘了 3 个柿子。他默默地说："够了，我们家一人一个，拿回去尝尝新鲜，意思到了就行了；我张亦然是干部是主任，切不可人心不足蛇吞象，摘了一个又一个。树的主人非常辛苦，一年四季披星戴月，忙忙碌碌。"

张亦然走了几步又返了回来，又从树上摘了 3 个，心想：我反正也是摘了，反正也是来了，那就好事成双，一个人吃两个吧。

这一次他拔腿要走时，从背后响起一声怒喝："站住！你为什么偷我的柿子？"

他浑身一颤，回头一看，一位老汉从柿树后面转了出来。老汉中等个头儿，黑红面孔，身体硬朗得如铜膀铁臂，年龄在50岁左右。

在一片落霞里，老汉手里握着的镰刀寒光闪闪，给人一种冷飕飕的感觉。

他立在那里，低头说道：“大叔，您好。我错了，我不该摘您的柿子。”

老汉走到他的跟前，拍拍他的肩膀：“光天化日，你那是摘吗？你重说。”

他血红了一张脸：“老人家，是偷，是偷。”

老汉不依不饶：“你说怎么办？”

还能怎么办呢，无非是拿出一些钱，赔偿人家的损失罢了。他很虔诚地问：“大叔，您说吧，您是主人，您要多少钱我给您多少钱。”

老汉倒背着手，从头到脚把他打量一番，然后问他：“你能给我多少钱？”

他没有说话。他从兜儿里抻出一张百元大钞，一伸手递到了老汉面前。

他想早些回去，他不愿意在这里和一位农民老汉讨价还价，来回纠缠。

老汉斜斜地看了他一眼，啐了一口吐沫说：“同志，你很有钱是不是？你太小看人了，我这几颗柿子能值那么多钱？你这不是侮辱我吗？”

张亦然觉得自己的脸火辣辣地热了一家伙，赶紧把那张100的换成50的。

老汉把他的手推了回去：“多，还是多！”

张亦然又把那张50的换成20的。

老汉把脚一跺：“多，多，多！”

他真的迷惑了。他说：“大叔，我还急着赶路呢。求求您，您老人家高抬贵手，放我早点回去吧。”

老汉缓和了口气，很认真地问他：“同志，看你也是一位公家的人，一位通情达理的人，你说这世界上只有钱才能解决问题吗？”

他马上回答：“当然不是。还有政策，还有章程，还有纪律，还有思想觉悟，还有真诚和友谊，还有人格和品质……”

他把那6个柿子掏出来，整整齐齐地摆在了老汉面前。

老汉说：“还有规矩，还有教训，还有记性，还有良心！同志，你给我5块钱算了，5块也不少啊。”

张亦然把一张10元的钞票塞到老汉手里，说自己身上再也没有比这小的零钱了。

老汉说：“你一位国家干部，为什么要在野地里摘人家的柿子呢？”

他觉得很难堪，很羞臊。他眨了眨眼睛，低下头回答：“大叔，我老娘已经上了年纪，她牙口好，非常喜欢吃新鲜柿子。作为她的儿子，我……”

老汉挥了挥手：“明白了，你走吧，你也是一片孝心啊。同志，我想搭你的车回家，到前边那个村你给我停一下，行吗？”

他拍手欢迎：“大叔，那太好了，您收拾收拾就上车吧。”

想了想，他又问了一句话：“老人家，您挺好，您是村干部吗？”

老汉摇了摇头：“哪里呀，我就是一个老百姓，就知道耕种锄耪收获庄稼。”

月亮已经出山了，山野一片烟霭，一片朦胧。老汉坐上他的车子时，他足足等了他 15 分钟。

第二天他上班时，突然发现他的车里有个鼓鼓囊囊的书包，书包里塞满了红得透亮的柿子。他倒出来数了数，一共 18 个。

还倒出来一张 10 元的钞票。

张亦然沉默了，心里却波涛滚滚。

张亦然想：这柿子是给老娘吃的吗？可老娘远在乡下，离这里有千里之遥。

张亦然想：这柿子不给老娘吃吗？可那话是他亲口说出来的。

张亦然拿起那张钞票看了又看，倏忽之间，闻到了一股汗腥。

靠不上

小时候去镇上赶年集，回来时老天爷愤怒地飘起了席片一样大小的雪花，下岭时脚下打滑跌了跟头，摔碎了手里提着的酱油罐子香油瓶子。回家以后，爹在他的屁股上狠狠地踹了一脚，瞪着眼睛骂道："没出息，靠不上，你以为咱们家栽着摇钱树哩？"娘没有打他，而是含着满眼的泪水说："大喜，你把那酱油香油都洒了，咱还怎么过年哩？别怪你爹打你，你也真是靠不上啊！"

那一年，他8岁。他很委屈地反驳说："娘，不是我靠不上，是因为天气下雪，岭上的小路结了冰，曲曲弯弯不好走，我跌了跟头……"

娘说："大喜，你们赶集回来的人都在岭上跌了跟头吗？"

他说："没有，见我跌了跟头，他们就加小心了，他们没有再跌跟头。"

娘说："还是呀，还是你靠不上呀，你别不服气，以后记着长出息。"

50年过去了，天也变地也变，山也变水也变，哪儿都变得焕然一新了，变得没有原来的模样了，就是他所获得的那个“靠不上”的绰号没有变。本村的大人孩子个个喊他靠不上，上下邻村的大人孩子也都喊他靠不上。因为叫了几十年的靠不上，他把天大的事情都给耽误了，到现在还没有娶上媳妇。

有一个女人想跟他，女人还带着一个会跑会跳浓眉大眼的孩子。

女人问他：“你挺好的一个人，为什么叫作靠不上？”

他说：“我把香油瓶子摔碎了，做了没出息的事情……”

女人说：“他们这是糟蹋人，你应该骂他们。”

他说：“不能骂，爹给我叫起来的！”

女人说：“你不会骂别人啊，谁再叫你靠不上，你就骂谁；我帮着你骂，骂他个狗血喷头，看他还敢叫。”

他说：“不能骂，左邻右舍，乡里乡亲，我怕伤了和气！”

女人走了，他又后悔，他非常喜欢那个活泼伶俐、一张口就叫他叔叔的孩子。

一个人的日子也得过呀！他照样吃饭睡觉，照样耕种锄耪，照样在农闲的时候做些买卖，挣个仨核桃俩枣的零花钱。那年冬天的一天，他做买卖回来时，夜已经很深了，在一弯月牙的映照下，村庄睡得很沉很沉。他看见有人在偷村边的树木，就很勇敢地扑上去，抓住了那个偷树的贼人，并连夜把他交给了村委会主任。他当时十分高兴和激动，以为他这是做了一件为民除害、保护集体财产的大事。可是第二天村主任在街上宣传说："笑话，他靠不上抓住的小偷能叫小偷吗？如果靠不上都能抓小偷，还要我们这些靠得上的人干什么？他抓住的根本不是小偷而是好人，我早把人放了，咱们村哪里有贼？"

听了这话以后，他踉踉跄跄地跑到了爹和娘的坟头上，抱住那一堆黄土哭得昏天黑地。他一边哭一边告诉爹娘说：吃苦受累他不怕，挣钱多少他不怕，娶不上媳妇他不怕，日子寂寞他不怕，他就怕村主任这样的人也叫他靠不上，也把他看成靠不上。他问睡在坟地里的两位老人："爹啊娘啊，当初你们为什么叫我靠不上啊？你们哪怕叫我狗蛋、驴蛋呢，也比叫这光荣啊。"

深秋季节，草木枯黄，冷风萧瑟，他长跪不起，非要把爹娘喊醒，非要叫爹娘给个答复。

今年冬天村里开始修路了，修的就是从村里通往镇上的那条路，削平的就是他当年跌了跟头的那道又高又陡的岭。他虽然已经 58 岁，却和村里的年轻人一样，在工地上干得风风火火，大汗淋漓；他还把他多年积攒的 5 万块钱交给了村主任，让他买工具，买雷管，买炸药。他想，当年我是在这里跌倒的，今天我要在这里立起来。

村主任接了他的钱，笑着问他："靠不上大叔，你舍得？"

他笑着回答："舍得。"

村主任又问："为什么？"

他说："我叫靠不上，可不能再让孩子们叫靠不上了。"

那天傍晚收工时出了一点意外：他们点着的10个炮捻儿只响了8声炮，剩下的那两声等等不响，再等等还是不响。村主任急了眼，爬起身来要去看个究竟。他猛地蹿上去，一把把村主任拉住了。他很强硬地说："主任，你给我退下，我去，我靠得上！"村主任说："大叔，危险！如果那两炮响了，那是要死人的！"他说："怕它响我才去呢，它要不响我就不去了，应该我去！"村主任说："怎么应该你去？"他说："你是主任，你还要负责修路；你家里有老婆孩子，没有你家就破了……"他推开主任，在血红的落霞里照直冲上去了。

那两声炮突然响了，他突然倒下去了。

人们把他抬回村里时，他的心跳和呼吸几乎没有了。

可是他的两只眼睛睁得很大。

村主任哭了。村主任说："大叔，您把眼睛合上吧，我知道我对不起您：那一年您捉住的那个偷树的贼人是我的小舅子，我包庇了他，我冤枉了您，我侮辱了您的人格……"

这句话刚刚说完，老汉的一只眼睛合上了。

村主任说："大叔，您把眼睛合上吧，您是周大喜，您是修路的功臣。路修好之后，村里一定给您立碑。我要让咱们村的子子孙孙知道您周大喜的名字和事迹……"

老汉的两只眼睛很舒展地合上了，眼窝里存了两汪热乎乎的泪水。

什么这个那个的

那时候沟里村不叫沟里村，叫沟里生产大队；村民也不叫村民，叫社员。

那时候我是沟里生产大队的团支部书记，21 岁年纪，生龙活虎，很有朝气。

那一天大队长交给我一个任务，要我去劝说和鼓动石头大叔，给村里演场电影。大队长说：“沟里大队因为偏僻因为贫困，拿不出 20 块钱的放映费，已经两年多没有给社员们演过电影，搞得村里死气沉沉。”大队长说：“所以这一次千万不能错过机会，一定要做好石头大叔的思想工作，让他痛痛快快、高高兴兴地拿出 20 元，给沟里演场电影，让村里红火红火，让大家乐呵乐呵。”

作为团支部书记，我知道我们沟里村两年多没演电影了。原来村里谁家娶媳妇，谁家聘闺女，谁家生孩子，谁家做满月，谁家有了意想不到的喜事或者有了意想不到的收获，都会自告奋勇站出来，请公社的放映员给社员们演场电影。大家欢天喜地，村庄生气勃勃；大队也便“趁热打铁”，顺便把这些舍得出钱的人家表扬表扬，吆喝吆喝。可是最近这两年村里一直没有结婚的，也一直没有生孩子的，没有生孩子的也就没有做满月的。村庄像一潭死水，波澜不惊，孤独而又寂寞。听了大队长的话，我很兴奋我很激动。我问大队长：“石头大叔家里有了喜事吗？我怎么没有听说？”

大队长很是认真：“有啊，他家的老母猪下小猪了，已经卖掉好几只了。”

我有些迟疑和犹豫：“大队长，这老母猪下小猪，也算喜事吗？”

大队长挥了一下拳头：“当然算！石头大叔添丁进口，家业兴旺，不算喜事，还能算丧事吗？”

我说：“石头大叔脾气倔，认死理，这样的事情又没有先例，他要不答应呢？”

大队长拍拍我的肩膀：“怕他不答应，所以才让你去呀！你去了先要夸奖他的猪多么多么机灵，多么多么活泼，多么多么好看，多么多么俊俏，然后再谈问题，记住了吗？”

我见到石头大叔的时候是在那天傍晚，这个52岁的中等个头儿的老汉披着一身落霞，笑容满面地站在他的猪圈旁边，正在欣赏圈里抢着吃食的小猪。那年月养活一只下崽儿的母猪千辛万苦，很不容易。人都吃不饱，哪有猪吃的？

我凑到他的跟前，很尊敬地说："大叔您好，您下小猪啦？"

他立刻瞪了我一眼："你小子怎么说话？你说谁下小猪啦？你爹会下小猪吗？"

我连忙给他鞠了一躬："老人家，对不起，我是看着您的小猪身条细长，嘴头粗短，机灵活泼，憨实可爱，一激动把话说错了……"

他说："你光夸我的小猪好，我的大猪有问题吗？"

我说："没问题没问题，您的大猪身腰修长，脊梁宽厚，鬃毛闪亮，四腿如柱，真是一只好猪、一只宝贝猪。"

他很高兴地点了点头："孩子，你找我有事？"

我把大队长的意思转达给他，希望他看在那窝小猪和大队长的面子上，拿出 20 块钱，给村里演场电影。我说："大叔，大队长说啦，您是一个通情达理的人，希望寄托在您身上。"

老汉把脑袋摇得像个拨浪鼓："那不行，那贵贱不行，那坚决不行。那是捉大头，那是欺负人！俺家下了一窝小猪就叫俺演电影，别人家下了牛犊演不演？下了驴驹演不演？下了羊羔演不演？对了，大队长家的老母狗下了一窝小狗，他给大家演不演？他也是添丁进口、家业兴旺啊！"

面对老汉一连串的反问，我无言以对，他说得在理。

夕阳落山，晚霞隐退，炊烟袅袅，暮色苍茫。

我说："大叔，您也别和别人比，您就带个头，做个榜样，给大家留个念想吧。"

他摆了摆手："这个榜样俺不做，俺不能拿钱买名誉。"

老汉毫不犹豫，转身就走。想到大队长说的"怕他不答应，所以才让你去"的话，我不知从哪里来了力量，抬腿追了上去。我轻轻地扯住老汉的后衣襟说："老人家，您就给沟里村演场电影吧，您看咱们村有多少个小伙子说不上媳妇，白天也孤独，晚上也寂寞呀。"

他回过头来，欲言又止。

我说："大叔，沟里是咱家乡，左邻右舍都是咱的乡亲啊。"

他不高兴了："这话还用你说吗？你才活了几岁？你嘴上没毛，办事不牢。"

他回家吃饭去了，给我留下一片浓重的汗息。

第二天上午我给大队长做了汇报。我说："石头大叔很固执，别指望他给村里演电影了。"大队长说："你说错了，今天晚上石头大叔就给村里演电影，他已经把钱交啦。"我说："这是真的吗？"大队长说："当然是真的。不过他让咱们给他保密，不要宣传他的名字；他说沟里村好了他就好，什么这个那个的。"

你不如我

黑旦和我同岁，但是辈分比我大，我得叫他叔叔。

黑旦面色黝黑，臂膀黝黑，肚皮黝黑，脚板黝黑，简直一黑到底。他爹以为天底下最黑的就是烧火做饭用的铁锅了，一开始给他取名“黑锅”。有消息说，黑锅对这个名字很不服气，就问他爹：“叫我黑锅，你叫什么？你比我长得还黑，你该叫黑锅底！”他爹马上给他改名叫“黑旦”，他说好，这个名字还可以。

那一年黑旦 8 岁。

他 8 岁我也 8 岁，我已经是小学一年级的学生了，他还在村里拾柴割草跑着玩，有时候上树掏鸟，有时候下河摸鱼。那一天老师交给我一个任务，叫我去黑旦家里，说服和动员他赶紧上学。老师说：“你去吧，你去做这个工作最合适：第一，你们同岁，有共同语言；第二，你是班长，有这个责任；第三，你们两个都没了母亲，因此最有说服力。”

我是在当天下午放学以后去找黑旦的。我们这帮孩子都不叫他叔叔，都是直来直去喊他黑旦，他也回答得很响亮，很畅快。我进门的时候他正蹲在灶前烧火做饭，一抹夕阳照进来，屋子里烟雾腾腾，缭绕着一股山药（红薯）味。

我站在他的旁边，试了几试，终于郑重其事地喊道：“叔叔，你做饭呢？”

他很吃惊地抬起头来，瞪大了眼睛：“什么什么？你叫我叔叔？不对呀，你为什么叫我叔叔啊？”

我深深地给他鞠了一躬：“你就是我叔叔啊，我叫你爹爷爷啊！”

他摆了摆手：“不好不好，你一叫叔叔咱们就生啦，就不亲啦。”

我给他说了上学的事情。我按照老师的话，比葫芦画瓢地说：“叔叔，新中国成立了，穷人翻身了，再不上学读书，就会耽误一辈子啊。”

他笑了：“二小，我在家待得好好的，为什么要去上学啊？”

我说：“上学识字长本事……”

他说：“你长什么本事啦？你在学校里学会什么啦？”

我说：“学会念课文啦，‘人，一个人；一个人有两只手，左手和右手’。”

他哈哈大笑：“我不上学也知道一个人有两只手，左手和右手啊。”

我认真了：“可是你知道‘左手、右手’怎么写吗？”

他蔫了，他把头低下去了。他说他烧火烧多了，锅里的山药煮煳啦。他问我“山药”俩字怎么写，我说还没学，不会写；他说不会写，你还是没有能耐啊。

那是秋天，高粱红了，谷子黄了。我怕他再问“高粱”怎么写、“谷子”怎么写，而这些我都不会写，怕给老师和学校丢人，我就以回家吃饭为理由，从他家走了出来。我走到街里迎面碰见他爹，那老汉扛着镢头正好回家。

我站在路边大着胆子说：“爷爷，老师让我黑旦叔叔上学哪。”

老汉叹了口气：“他上学，谁给我做饭呀？”

我说：“我上学，爹给我做饭，你不是他爹吗？”

他被我问住了，站在那里半天没有动弹。夕阳和秋风里，他的额头上皱纹纵横，下巴上的胡须飘飘洒洒。

3 天之后，黑旦叔叔就来上学了。他说是他爹用巴掌把他打来的，不来没办法。老师很高兴，让他和我做同桌，并且给他起了一个很有讲究的名字：赵好学。

可是他却不好学，他好动。上课的时候他坐不住，老捅我的胳肢窝，老掏我的口袋，还悄悄把手伸进我的裤腰。我问他这是干什么，他说摸鱼、掏鸟。他说他的心早跑到田野上去了，田野上绿草黄花，香味缭绕，比在课堂上“挺着”舒畅多了、幸福多了。

结果考试的时候他闹了个不及格，语文也不及格，算术也不及格。

结果老师吹了他几句，老师说赵好学呀赵好学，你辜负这个名字了。

结果他退学了，又回家里拾柴割草摸鱼掏鸟去了。

20 年过去以后我回村里看他，他正是一个个头儿魁梧体格健壮的好小伙！他拉住我的手说："二小，别看你上了小学上大学，你不如我！我都儿女双全老婆孩子热炕头了，你还没有娶媳妇。30（岁）没儿半截空，40 没儿断了根啊！"

40 年过去以后我回村里看他，他请我到他家里去喝酒。他一边喝酒一边说："二小，你好大的名气呀，外州外县的人们都知道！可是你不如我，我都当爷爷啦。"

60 年过去以后我回村里看他，他已经弯腰驼背、步履踉跄了。他家盖房，他正在往家里推土，一边推车一边咳嗽。夕阳和秋风里，他的额头上皱纹纵横，下巴上的胡须飘飘洒洒。

我突然想起了他爹。我好像看见了那位扛着镢头回家的爷爷。

我说："好学叔，您好！"

他把车停下，瞅我半天："啊，啊，你是谁啊？"

我走到他的跟前，告诉他我是二小。

他突然来了精神，眼里放出火焰般的光彩："二小，你说那一年我要是不退学，我要是一直上，现在是什么样子啊？我常和别人说，咱们俩是同学，咱们俩是同班同学，是同桌同学……"

他推起车来摇摇晃晃地走了，走了老远又回过头来喊道："二小，别看你是作家，你不如我：我现在四世同堂，有吃有穿，光景红火多啦！"

赵上是老大

人总是要老的，不管你高兴不高兴，愿意不愿意。

沟里村的赵上、赵中、赵夏就老了，想当年他们可是村里生龙活虎气壮山河的好小伙子。赵上、赵中、赵夏是亲弟兄三个，是娘挨肩生下来的，一个比一个大了两岁。

这一篇我们说的是赵上。赵上是老大，今年76岁。

有句话叫作人生七十古来稀，赵上就牢牢地记住了这句话，日子过得提心吊胆胆战心惊的。今天听说东村的王东走了，满打满算才活了73岁；明天听说西村的李西走了，按虚岁说才有71岁。赵上晚上睡觉的时候就不敢脱衣服，一颗心在嗓子里吊着，老是想我还是穿着衣服睡吧，我已经超过“古来稀”的年纪了，明天会不会轮到我呢？

就算明天轮不到，后天呢？大后天呢？

有了这个想法，赵上吃饭也不香甜了，睡觉也不踏实了，他的脊背也有了罗锅，怎么挺也挺不直了。

他让他的大儿子大胜赶紧给他准备棺材，以防哪一天跌个骨碌就死，到时候人心惶惶，木匠们给他粗制滥造：那棺材通风漏气，冬天很冷，夏天很热。

大胜不以为然。大胜说："爹，你活得好好的，准备那玩意儿干啥？你是没事找事，生怕别人不累。"

他说："大胜，我怎么会是没事找事？我有根据呀，我昨天晚上梦见你老爷爷啦，你老爷爷才活了58岁。"

大胜把脖子一扭："哼，那就是你的根据呀？爹，我还梦见过我老爷爷呢。"

他怒了："叫你准备你就准备，别给我犟嘴。我是你爹，你是我儿。"

他让他的二小子二胜赶紧给他准备寿衣，以防哪一天躺下去就起不来了，家里人东拼西凑，胡乱给他穿些什么：那些衣服七长八短，要款式没款式，要颜色没颜色。

二胜笑了。二胜说："爹，你没说梦话吧？你活蹦乱跳的人，怎么尽想那种事？你麻烦不麻烦？你啰嗦不啰嗦？常言说操心不耐老，你少操些心好不好？"

他说："二胜，不是我麻烦，不是我啰嗦，而是我有我的根据。我昨天晚上梦见你爷爷啦，你爷爷才活了66岁。"

二胜瞪他一眼："爹，那就是你的根据呀？跟你说，我还梦见过我爷爷呢。"

他怒了："叫你准备你就准备，别给我犟嘴。我是你爹，你是我儿。”

一个星期之后，大胜给爹做好了棺材，二胜给爹买好了寿衣。他们把货交到老人手里，老人非常高兴，非常激动。那是秋天的一个夜晚，秋风送爽，月辉遍地，老汉一时兴起，竟在满堂儿女面前穿了那身寿衣，戴了那顶寿帽，躺进了那具油了红漆的闪闪发光的棺材里。老汉在里面铺了被褥，搁了枕头，然后翻身、打滚、伸腰、蹬腿，坐起、躺下，躺下、坐起。大胜、二胜跪在地上叫了一连串的爹，老汉才从里面爬出来，心满意足地说：“好好好！舒服呀舒服，满意呀满意。”又说：“人死了就是躺在墓里睡着了，没有什么可怕的。”

他的举动惊得沟里村人目瞪口呆。有人说他是疯子，有人说他是傻子，有人说他这是活得不耐烦了，找死哩。

赵中找到他说：“哥呀，你这是干啥呀？你这不是装神弄鬼、故意吓唬人吗？”

赵上笑着说：“兄弟，你想啊，我要不把那衣服穿一穿，我要不在棺材里躺一躺，我怎么知道它称心不称心、合适不合适？”

赵中说：“你可以到时候再试一试……”

赵上回答：“你糊涂！到时候就晚啦，就赶不上啦。”

赵夏找到他说：“大哥，你这是玩什么刺激、表演什么节目、制造什么轰动效应哪？”

赵上回答：“兄弟，我知道你是文化馆的退休干部，你别跟我说那些字话。这有什么大惊小怪的，菜做好了可以先尝尝是咸是淡，鞋做好了可以先穿穿是大是小，这不一样吗？”

赵夏啧啧赞叹：“行，大哥真是高人，佩服，佩服！”

既然又有了棺木又有了寿衣，赵上心里就踏实了，就没有后顾之忧了，就想：来吧，反正我什么时候死都很方便，都可以住得好穿得好，我已经亲身体验过了。

吃饭也香甜了。

睡觉也实着了。

脊背渐渐挺起来，没了那个罗锅了。

忽一日，赵上找到赵夏说：“兄弟，我不想吃了晚饭马上就睡觉了，我想跟你们学跳舞，你们要不要？”

赵夏眉飞色舞地说：“哥，您是老大，您说呢，您说我们要不要？”

赵中是老二

人总是要老的，不管你高兴不高兴，愿意不愿意。

沟里村的赵上、赵中、赵夏就老了，想当年他们可是村里生龙活虎气壮山河的好小伙子。赵上、赵中、赵夏是亲弟兄三个，是娘挨肩生下来的，一个比一个大了两岁。

这一篇我们说的是赵中。赵中是老二，今年74岁。

赵中和赵夏大不一样：赵夏是国家干部，退休以后回到村里安度晚年；赵中就是一位农民，一辈子从土里刨食吃，一辈子没离开过沟里村。让赵中感到幸福和骄傲的有两件大事：一是他的身体好，74岁了，还能上山打柴，还能下河挖泥，还能推车挑担；二是他的两个儿子都是大学毕业，都在省城工作，都是国家公务员，拿的薪水都不少。

所以赵中并不羡慕赵夏那几个退休钱，他手里也有钱。让他感到无可奈何的是，他的日子过得太孤独太沉闷太单调太冷清，每天出来进去就是他们老两口，还有那两只下蛋的鸡，还有那一条看家的狗。

所以赵中在家里待不住，每天晚上都要去小卖部里打扑克。小卖部临街，灯火辉煌，熙熙攘攘，是他喜欢的地方。

这天晚上下雨。雨不大不小，缠缠绵绵，淅淅沥沥，又似有情，又似无意。

赵中撂下饭碗，打起一把雨伞，又要去小卖部。

女人扯住他的衣襟："他爹，你又要走吗？"

他说："走，去晚了没座位，想打扑克也摸不着。"

女人说："今天下雨，能不去吗？"

他笑了："下雨怎么啦？下雨我就不能出门了？"

女人说："你一走，我一个人在家里，听那风吹树叶雨打房檐，凄凄惨惨，心里很不是滋味……"

他问："孤独？寂寞？"

女人叹了一口气："好像是被人扔掉了，又好像是没家了……"

赵中心里一抖，浑身打了一个激灵！这几年他以为只有他自己喜欢红火，喜欢热闹，喜欢往人群里凑；没想到女人也有她的苦衷，也和他一样，不堪生活的单调沉闷、孤独寂寥。

他问女人："想孩子们了？"

女人点了点头，点出两串泪珠来。

他把伞放下了。他不能把女人一个人留在家里，自己再出门凑热闹去了。他照样如饥似渴地想念远在省城的儿子儿媳、孙子孙女，他知道那种想念是怎样一种滋味、怎样一种折磨：真是让人悟不透啊，他的两个儿子两个媳妇因为这样那样的原因，已经4年没有回过沟里村，没有和他们老两口见面了；大人回不来孩子们回来也好啊，孩子们也不回来，简直是把他们忘掉了。

说忘了吧又没忘，两个儿子不断地给他们邮钱。他们说不要了不要了，两个儿子还给邮。问题是：那钱会和爹娘说话吗？

风萧萧，雨绵绵，夜来了。

这时候院子里有了脚步声，原来是赵夏领着他新娶的老伴儿串门来了。赵夏两口子打着一把伞，两个人搂搂抱抱撕撕扯扯进了屋里，很亲热，很时髦。

赵夏笑着说："二哥二嫂，你们吃饭了吗？我这个老伴叫金娇……"

金娇赶紧说："二哥二嫂，你们好。外面的雨下大了，在操场上跳舞跳不成，我们就到你们家里来了。常言道：说亲还是兄弟亲，掰断骨头连着筋。"

赵中赶紧起身迎接："对对对，说亲还是兄弟亲，掰断骨头连着筋。你们坐，你们快坐。"心里却想，这个金娇不简单，真是大方，真是会逗，真是会说。

他们俩给他们俩沏了茶水，拿出了水果和糖果。那金娇毫不避讳，剥开一颗软糖就塞到了赵夏嘴里，还把脸凑上去问："老公，这糖甜不甜、软不软、好不好？"那赵夏马上唱起《最美不过夕阳红》的歌，幸福得像上了天似的。

他们两口子走了以后，赵中忽然明白过来，那赵夏金娇今天是来作秀的，是故意在他们两个人面前显示亲热和恩爱的：当初你们不是反对我们成亲吗，我们让你们开开眼界、受受教育！

风萧萧，雨绵绵，夜深了。

女人心驰神往地说："他爹，也不知道孩子们这会儿正干什么哩，他们那里下雨没下雨？"

赵中说："哎呀，不提他们好不好？来，咱们两个打扑克，只当没有他们。"

他们两个打扑克，女人不会玩别的，只会"捉王八"。也是赵中骄傲，看不起女人那两下子，也是他心不在焉，老想别的事情，结果头一回就捉住了他。

女人赶紧劝："他爹，没事没事，这又不是真的，只当捉住我了，行不行？"

赵中却说："他娘啊，赵夏这一步棋走对了，他还是找个女人好，明白吧？"

赵夏是老三

人总是要老的，不管你高兴不高兴，愿意不愿意。

沟里村的赵上、赵中、赵夏就老了，想当年他们可是村里生龙活虎无坚不摧的好小伙子。赵上、赵中、赵夏是亲弟兄三个，是娘挨肩生下来的，一个比一个大了两岁。

这一篇我们先说赵夏。赵夏是老三，今年 72 岁。

赵夏的名字是在村里上小学的时候起的。那一年赵夏 8 岁，爹送他到小学读书，老师问他叫什么名字，他说不知道。爹说他大哥叫赵上，二哥叫赵中，他是三儿，他就叫赵下吧，这样我们家上、中、下都有，方方面面都齐全。他对老师说：“我不叫赵下。凭什么他们叫赵中、赵上，而我叫赵下？我不如他们吗？我害怕他们吗？我在他们底下吗？”老师觉得他反驳得有道理有志气，就把他的“赵下”换成了“赵夏”。老师说这个“夏”字可厉害，夏是一年四季最热乎最火爆的季节，树木葱茏，庄禾茂盛，兴旺发达，如日中天。他举起手来表示赞成和满意，就叫上了赵夏的名字。

赵夏原是县文化馆的一位干部，退休以后回到村里，回到村里就成了普通百姓，就和其他乡亲一模一样，满头是土，浑身是泥，日出而作，日落而息。赵夏喜欢这种“采菊东篱下，悠然见南山”的田园生活，天天帮着孩子们锄禾浇水，兴致勃勃，乐此不疲。不幸的是，去年冬天他的老伴儿在地上跌个骨碌就走了，把孤独把寂寞把思念把泪水一股脑儿留给他，让他丝毫没有准备。

在那段时间里，赵夏叫天天不灵、叫地地不应，真想一头撞死。

大哥赵上劝他：“兄弟，快把腰挺起来，没了女人，你还不过日子？你是男人，你怎么那么没有出息？”

赵夏不以为然，回答：“大哥，知道吗，男人才离不开女人呢。”

赵上笑了：“兄弟，你都70多岁的人啦，头发、胡子都白了，还要女人干什么，那是累赘。”

赵夏说：“要她白天给我做饭，晚上陪我说话，早晨和我散步遛弯儿。大哥，人越上年纪身边才越需要有人照顾哪，怎么会是累赘？”

二哥赵中劝他：“兄弟，别再瞎张罗啦，会有人跟你吗？”

赵夏说：“我怎么是瞎张罗？常言讲百人百姓百脾气，天底下的人有爱孙猴儿的，有爱八戒的，也肯定有爱我赵夏的！”

赵中笑了：“兄弟，那现在爱你的人是谁啊？”

赵夏说："你急什么，我还没找到哪；没找到不等于没有，咱走着瞧吧。"

赵夏和赵上、赵中最大的不同在于：赵上是每天吃了晚饭以后就去睡觉，睡不着也得睡，睡不着就一边抽烟一边躺着；赵中是每天吃了晚饭以后就去小卖部里打扑克，保证去得风雨无阻，保证打得热火朝天；赵夏是每天吃了晚饭以后就去小学校的操场上跳广场舞，跳得如同霹雳闪电，跳得如同地动山摇。为此赵上、赵中经常笑话赵夏，说："人家跳舞的都是女人，都是一帮老太太，你摇头摆尾疯疯癫癫凑什么热闹，莫不是别有用心，想着怎么怎么？"赵夏很严肃地回答他们："你们别以小人之心度君子之腹。舞蹈者，很高尚的文化活动也。不像你们睡觉、打扑克那样守旧，那样传统，那样窝囊。"也是他在舞场里出类拔萃，表现超好，在县政府组织的全县广场舞大赛中一举夺魁，不但拿了奖金和证书，还接受了记者采访，成了全县家喻户晓的名人。

这样就有位女人找他来了。

女人还年轻，50 岁左右的年纪，长得白白胖胖，打扮得干干净净。

赵上和赵中就多了个心眼儿，拐弯抹角地问了问底细，知道女人也喜欢跳广场舞，知道女人是向赵夏学习来了；再往细处问，知道女人的男人遭了车祸，去世已经 3 年。

赵上和赵中悄悄地说："兄弟，等着瞧吧，有戏，肯定有戏。"

赵中频频点头："哥，有戏，有戏，这不，送上门来了。"

果然有戏，元旦那天女人就嫁给了赵夏，还是正式登记结婚。

做了新郎的赵夏，意气风发，斗志昂扬，常牵着女人的手，在街面上走来走去，还大声唱着"最美不过夕阳红，温馨又从容"。在外地工作的女儿回来看他，对他的再婚状况提出了质疑。女儿说："爸，我妈尸骨未寒，您就另找了一位阿姨，您觉得这种做法合适？"他回答："丫头，你知道什么！你妈去世前曾经说过，她走了之后让我马上再找一位阿姨，省得一个人孤独孤单和孤寂，所以我这是落实你妈的指示。"

女儿觉得这事玄乎。女儿说："爸，这事我怎么不知道？"

他说："你当然不知道，因为你妈是单独和我说的。"

女儿说："爸，我妈一下子就走了，很突然，哪有时间和您交代她的后事？"

他说："丫头，别麻烦啦，再不相信，你问你妈去。"

要 账

沟里村的崔五是个卖豆腐的。

崔五 52 岁，个头瘦小，手脚勤快，从早到晚脸上都是亲切的笑意，让人觉得他小车上的豆腐一定是热乎的。崔五卖豆腐和别人大不一样：别人卖豆腐一律现打现开，一手交钱，一手交货，当下清账，要不你就别买；崔五不是这样，崔五觉得村里都是熟人，都是乡亲，都有拐弯抹角、盘根错节的亲戚关系，如果把钱看得太重，必须怎样怎样，就会丢了人缘儿，丢了亲情，丢了乡亲。

崔五常常这样想，一年 365 天，谁手里都有方便和不方便的时候，为什么非要现打现开，把事情做绝呢？

所以手里暂时没有钱的人也能吃崔五的豆腐。钱可以先该着，以后还上就行。有意思的是，崔五从来没有向沟里村的乡亲们要过账，原因很简单：他还没来得及去要，人家就登上门来把账还了，搞得老汉很受感动。乡亲们常常这样想：一年 365 天，崔五容易吗！每天都是起五更睡半夜，风里雨里不停闲，仰着笑脸卖豆腐，挣的是份辛苦钱！

说话到了农历腊月十五，沟里村杀猪宰羊放鞭炮，年味儿已经很浓了。

早晨出去卖豆腐时，崔五站在刘寡妇门前犹豫了半天：刘寡妇八月十五买了他5斤豆腐，到现在还没有给钱。该朝她要了啊。

老汉想：我朝谁要过钱呢！怎么朝人家要钱呢？张不开口啊。

老汉想：她大概是把这件事情忘记了吧？她能够想起来就好啦。

老汉想：不迟哩，等等再说吧；过年还有半个月，她寡妇失业的，手头怕是不方便，催她她不着急吗？

腊月二十那天早晨，雪花飘飘，北风萧萧，崔五卖豆腐回来，又在刘寡妇门前犹豫了半天：那5斤豆腐钱，到底是朝她要还是不朝她要啊？

老汉想：下着大雪去要钱，那也太狠心太残酷太不近人情了吧！

老汉想：再等两天吧，万一她要把钱还上来，不比我去要账好吗？

等啊等啊，一直到了腊月二十八崔五才来到刘寡妇家里，要那几斤豆腐钱；再不要就过年啦，不能再往后推了。

刘寡妇知道崔五是来要钱的，可她偏偏装作不知道他是来要钱的。刘寡妇故作惊讶地问：“老五，你走错门了吧？你怎么一不小心走到俺家里来了？”

崔五笑了：“你说走错门就是走错门了。大嫂，你过年的东西准备好了吗？”

刘寡妇说：“有什么可准备的呀？有米，有面，还杀了一只猪……”

老汉灵机一动，赶紧插上一句：“好不容易过个年，没做豆腐吗？”

老汉的意思是，从做没做豆腐说起，让眼前这个女人由此豆腐想到彼豆腐，由过年的豆腐想到八月十五的豆腐，从而大彻大悟恍然明白还欠着人家的豆腐钱，从而赶紧地把钱还上，这样做就花好月圆。刘寡妇是个人精，当然知道崔五问这句话的意思。刘寡妇说：“老五，以后你千万别再当着我的面提什么豆腐不豆腐的了，我最近得了一种怪病，跟什么什么过敏一样，人家一提‘豆腐’两个字，我就浑身打哆嗦，就心慌气短，就反胃恶心……”

崔五说：“奇怪，那叫什么病？你快到医院看看。”

女人说：“待着吧，不要紧，不提豆腐不犯病。”

这是晌午时分，女人屋里炉火旺盛，温暖如春。

一只蟋蟀在墙角里叫起来，高亢清亮，缠绵柔和。

崔五明白这个寡妇女人是在说假：她哪里是什么什么过敏、什么什么反胃恶心呢！她是嫌脸面上难看，不愿意让人提及她欠账的事情。崔五想：不让提我就不提吧，我为什么非揭人家的短处呢？过年过节的日子，喜庆欢乐的气氛，自己就算帮不了她的忙，也不应该给她添堵呀。老汉想：不就是 5 斤豆腐吗？每斤豆腐两块五毛钱，5 斤豆腐十二块五毛钱，别再计较啦，二五眼的钱！

老汉抬腿便走，女人伸手拦住了他："兄弟，你等等再走，你帮助我把那两只鸡杀了，谢谢你啦！"

老汉说："什么什么，我还给你杀鸡？"

女人说："我胆小，不敢杀，你不给杀谁给杀？这叫来得早不如来得巧，你正好赶上啦。"

崔五回到家里的时候，已是傍晚。那个寡妇女人真是事多，帮她杀了鸡，还要给鸡开膛破肚，还要把鸡的里里外外清洗干净，给她放在锅里炖上。女人死拉活拽塞给老汉一瓶酒，说："这回你走吧，谢谢你来给我杀鸡。"

女人真会说，好像他是专门来给她杀鸡的。

晚饭喝了几两酒，老汉就醉了，夜里睡得又香又甜。

第二天早晨，崔五突然从兜里摸出一叠钱来：两张 5 块的，两张 1 块的，还有一张 5 毛的，总共壹拾贰块伍毛钱。

老汉恍然大悟，这钱是人家主动还的，不是自己要的。

提词儿的人

杨小万是给我们村剧团提词儿的人。

那时候凡是村剧团演戏，都有站在幕布后面给前台演员提词儿的人。因为社员们很忙，从春耕夏锄到秋收种麦都顾不上演戏，只有腊月里工夫闲了，才能组织文艺活动，才能敲锣打鼓演小戏，准备迎接新的一年。

这时候时间紧张，上阵仓促，演员们背不过台词，又急着去哪里演出，就得找一个专门负责提词儿的人。有他拿着剧本，隔着一层幕布，把台词一句一句提念给台上的演员，保证他们或她们不会忘记台词，不会把台词说错、唱错，使小戏能够顺顺当当演下来，落得个花好月圆。

这活儿很受委屈：台上的戏演好了，那是演员们的功劳，掌声和鲜花是送给演员的；台上的戏演不好，那是提词儿的过失，演员们会说提词儿提得不到位，让人听不清，所以演得砸锅了。

这活儿还很苦：因为提词儿的人必须牢记自己的职责，自始至终守在幕布后面，冷了不能烤烤火，乏了不能歇歇脚；他必须一盯到底，直到曲终人散。

所以各个村剧团的情况都一样，没人愿意当这个角色。我们村也不例外，找谁谁不干，正在团长山穷水尽走投无路的时候，给生产队放羊的杨小万前来找他报名，自愿担当这个给演员们提词儿的人。

杨小万23岁年纪，初中文化程度，口才很好，人又机灵，要说给村剧团提词儿，是个非常理想的人物。

团长问杨小万：“兄弟，你真的愿意干这个没人愿意干的勾当吗？”

杨小万很郑重地点了点头：“大哥，我愿意，因为这个工作总得有人干。”

团长说：“你愿意干我也不能让你干。你结婚还不到10天，跟着我们排戏、演戏，天天半夜三更回不了家，我觉得对不住弟妹。”

杨小万说：“大哥，这个我早想好了，我媳妇也是爱好文艺、也是有特长的人，你让她参加村剧团，给咱们拉胡琴，保准她高兴。”

团长大喜，连连说：“小万兄弟，谢谢你，谢谢你。”

杨小万走马上任，白天拿着剧本去山上放羊，熟悉剧情；晚上和新娶的媳妇一同来到大队部。他给参加排练的演员们提词儿，媳妇在乐队拉胡琴。媳妇果然很高兴，走路飘飘的，笑声甜甜的。

可是小万不高兴，他发现村剧团存在着一个很严重的问题：有的演员不用心，一句台词也不会，全靠提词儿的人提念给他，提一句他说一句，提两句他说两句；你不提他就在台上愣着，一副无所谓的样子。

小万把这个问题说给了团长。团长说："兄弟，你是说韩三宝吧？他历来就是这个样子。"

小万说："大哥，他连剧情都不懂，还能把戏演好吗？"

团长说："别和他计较了，咱就让他一步吧。他是 40 多岁的老演员，出点纰漏也不要紧，一般情况能够应付过去。"

小万说："你是怕得罪他，怕他撂挑子？这样下去，要出大问题。"

小万的话果然说中了。腊月十五晚上剧团在给全村的父老乡亲做汇报演出时，韩三宝表现很随意，说不上台词也就罢了，竟然在戏台上胡编乱造，他对身边的男女演员们说："孩子们，你们先给大家演着吧，我得下台解手去，早把尿憋稀了，我得快点去。"全场观众哄堂大笑，不少乡亲离场而去。

散戏以后，剧团召开了总结会。杨小万质问韩三宝："三叔，这剧团是您自己的吗？您怎么那么不严肃，把一场演出当儿戏？那是在舞台上，不是在您家里。"

韩三宝嘻嘻一笑："小万呀，那怨你，你提的词儿我根本听不清楚。"

杨小万说："不是您听不清，是您根本就不会。"

团长也批评了韩三宝，演员们也批评了韩三宝。韩三宝给大家深深地鞠了一躬，说："大家提的意见都很对，我完全接受。我要痛改前非，重新做人。"

韩三宝的表现果然好了起来：每天排练按时到场，认真做戏，出村演出时精神抖擞，老当益壮，唱得淋漓酣畅，做得锦上添花，因此每每赢得观众的掌声和喝彩。团长和小万说："三宝到底是三宝啊，别人哪有他这两下子。"

小万笑了笑，也就一笑了之。

转眼就过了年。转眼就到了正月十五。正月十五早晨村剧团要进县城参加全县的文艺大汇演时，韩三宝突然病了，说是肚子疼，躺在炕上来回打滚儿。团长和杨小万守在他的跟前，干着急没有办法。团长劝说道："三叔，咱快请医生打个针吧，大家都等着你出发呢。"

韩三宝摆了摆手："不行啊，打针也治不了我的病。别耽误时间啦，你们快走吧。今天是全县会演，机会难得，耽误不得！"

团长眼里流出泪来："老人家，求求您，您是主演，您不到场咱开不了戏。"

韩三宝说："我也愿意进城参加会演啊，又有名又有利，可我实在走不了……哎呀，疼！"

团长扑通往地上一跪："叔叔啊，我给您跪下啦。"

韩三宝说："你跪也是白跪，我又不是装的。"

杨小万把团长拉了起来。杨小万对团长说："大哥，三叔既然有病，咱就别难为他老人家啦。今天进城我替他上场，你看是不是可以？"

团长问："你会他的台词吗？"

小万说："现在不光他的台词，整个剧本的台词我都背过了。我可以一边在台上演戏，一边给旁边的演员们小声提词儿，保证台下的观众看不出一点破绽。"

团长问："兄弟，你真有这么大的本事？"

小万把嘴附在团长耳朵上说："大哥，我有这个准备。"

村剧团敲锣打鼓进了县城，结果一举夺魁，扛回一面"全县第一"的锦旗。

当天晚上韩三宝找到团长说："团长，我的病好啦，可以上场演出啦。"

亲姐姐，亲妹妹

那时候乡政府不叫乡政府叫人民公社，村委会不叫村委会叫生产大队；一个生产大队可以管辖10多个甚至20多个生产队，生产队也叫作生产小队。

姐姐桃儿嫁给沟里村生产大队的赵庆以后，看到沟里村依山傍水，桃杏芬芳，乡亲们朴实厚道，正直善良，觉得自己很有福气，嫁到了这么秀丽这么温暖的一个村庄。也是深深的感动，也是责任使然，3年后她把自己的妹妹杏儿也介绍过来，嫁给了长得端端正正、做活儿踏踏实实的好小伙子赵方。

赵方和赵庆还是平辈弟兄，还是一个生产队，赵庆还是这个生产队的队长。

姐妹俩嫁到同一个村的同一个生产队，桃儿、杏儿别提有多么亲热、多么近乎、多么友好啦：杏儿每天至少要往姐姐家里跑五六趟，看姐姐、姐夫吃的什么饭食，穿的什么衣裳，做的什么活路，有没有需要她帮忙的地方。姐姐总是这样问她："杏儿，那个叫赵方的人待你咋样？婆婆待你咋样？公公待你咋样？有什么委屈有什么苦楚你和我说，我马上找他们说理去，看他们还敢欺负咱们！”

这时候杏儿总是笑，总是笑而不语，总是满脸羞羞答答。

姐姐又说：“杏儿，你说话呀，你是哑巴？”

她还是笑，还是不说话。她在心里说：“姐呀，这事你就别问啦。你还看不出来吗？赵方待我一百一地好，公公待我二百二地好，婆婆待我三百三地好，我心里甘甜着幸福着哪。好姐姐，别问啦，谢谢你给我找了这么好的婆家。”

那一天桃儿要去县城走亲戚，试着穿了自己好几件褂子，都不如意：第一件旧了，掉了颜色，穿在身上皱皱巴巴的；第二件小了，因为缩水，穿在身上能露出肚脐；第三件瘦了，穿呀穿呀，好容易套在身上了，却又扣不上扣子。正在苦恼正在焦虑的时候，桃儿忽然想起来杏儿那里有件翠绿色的的确良褂子，是她结婚的时候穿过来的。那年月，女人们能穿一件的确良衣裳，是很能吸引别人的眼球，惹得别人羡慕的。

桃儿想，我和妹妹个头儿相仿，胖瘦相仿，她穿着合适我就穿着合适。

桃儿激动地想：我这一辈子还没有穿过的确良衣裳呢！

桃儿兴奋地想：我把妹妹的的确良褂子借过来，穿到县城走一趟，众目睽睽之下咱也扎扎实实风光一回，精神抖擞骄傲一场。

她挺起胸脯大踏步地朝着妹妹家里走，好像她已经穿上了那件翠绿色的的确良褂子，走得那样娇媚那样风光。

她这样想：妹妹能有今天这样的光景，姐姐是功不可没的。

她这样想：饮水思源忆苦思甜嘛，我的好处妹妹是不会忘掉的。

可是杏儿说："姐，对不起，那件褂子现在不在我手里，我昨天才把它借出去。人家家里办喜事，正用着哩，正穿着哩！"

她不相信："杏儿，你把衣服借给谁了？"

杏儿回答："姐姐，对不起对不起，借我衣服的人让我千千万万给她保密。人家说这是一个面子问题、声誉问题。"

她不高兴了："你还给她保密？她比你姐姐还近？她比你姐姐还亲？"

杏儿回答："姐，话不能这样说，我既然答应了人家，我就得给人家保密。"

她变脸失色地问："我那亲妹妹，你真不借给我？"

杏儿点了点头，无可奈何地叹了一口气："我那亲姐姐，我没法借给你。"

她往地上啐了口唾沫，扭身就往回返。她断定杏儿这是忘恩负义，故意欺骗她，故意糊弄她。她在心里说：死丫头，说个谎也不会说，姐姐不是大傻瓜！见她走远了，杏儿才自言自语地念叨："姐呀，请你原谅我吧，那件褂子我真的借出去啦；姐姐，我知道你待我好，你就高抬贵手原谅我吧！"

可是桃儿牢牢地记着这件事，自此和杏儿少了来往。

随之而来的是，赵庆和赵方之间也好像有了隔膜。

过了年，到了春天。在柳枝初绿桃花绽红的时候，沟里村有了好消息：为了照顾社员们的生活，上级给每个生产队发放6尺细布，那布还是翠绿色的，那布还是的确良的。

6尺布，的确良，翠绿色，正好能给女人做一件褂子。

沟里村轰动了，女人们欢欣鼓舞，奔走相告，一个个充满期待，一个个跃跃欲试。

可是给谁呢？可是怎么分配呢？谁家都有困难，谁家都喜欢都需要这6尺翠绿色的的确良布，穿在身上大大方方、光光鲜鲜的。

生产队长赵庆很坚决很激动地说："别的生产队怎么分配怎么布置咱不管，咱们生产队马上抓阄儿！狼多肉少，抓着了算你幸运，算你走时气；抓不着怨你手臭，怨你没有这个命。"

赵庆说："咱们生产队共有32户人家，我做了32个纸球儿，其中谁抓着那个'福'字了，谁就把这6尺的确良布拿走。"

赵庆表态说："乡亲们，为了公平起见，咱们生产队请大家先抓，我保证最后一个抓，没人抓了我再抓；其实我就用不着抓了，剩下的那个纸球球归我。"

结果抓来抓去，抓来抓去，谁也没有抓着。

结果就剩下一个纸球球了。

赵庆不慌不忙地把那个孤零零的纸球球拿起来，展开一看，那个偌大的“福”字很晃眼，很醒目。

人群里热闹了，沸腾了。赵方首先喊道：“赵庆大哥，这不算。你自己做阄儿自己抓，这违反纪律和制度，必须重新来，必须重新抓。”

赵庆反问：“兄弟，我作弊我捣鬼了吗？我是最后一个抓阄儿的，别人不抓了我才抓的呀。你眼红什么？你嫉妒什么？”

杏儿喊道：“姐夫，你别强词夺理啦，今天这样抓阄儿就是不公道。”

桃儿大声回应：“怎么不公道？怎么不公道？非得你抓着了才算公道吗？散会，马上散会。”

过了几天生产队进行选举，32 户人家，赵庆只得了 15 票，没有超过半数。桃儿说：“这么一个生产队的小队长，又忙又累又伤脑筋又费力气，咱不当更好！”杏儿说：“哎哟哟，你倒是想着当哩，你能当得上吗？”

借　钱

全村子都说这可是好事，这可是喜事，这可是好事成双，这可是双喜临门；北瓜老汉却摇了摇头感叹，这可是发愁的事，这可是要命的事！

原来他的一对双胞胎儿女比翼齐飞，一举考上了大学，还一个考到了北京，一个考到了上海。

北瓜老汉很生气地和两个孩子说：“这不是要我的老命吗？我浑身是铁才能打几颗钉？我能供你们一个上大学就算不赖，谁叫你们两个都给考上了？”

北瓜老汉很无奈地和两个孩子说：“我也不重男轻女，我也不偏三向四，我让你们兄妹两个抓阄儿。谁抓着那个‘上’字了，谁就去上大学；谁抓着那个‘下’字了，谁就下田种地。”

北瓜老汉很郑重地和两个孩子说：“这样才公平，这样才有说服力，这样才对得起你们的娘，她在地下也会安息。”

结果两个孩子不抓阄儿：哥哥让妹妹去上学，妹妹让哥哥上学去。让来让去，两个孩子抱在一起，哭得撕心裂肺。北瓜老汉很内疚，很激动，一腔热血涌上来，忽然坚定不移地说：“孩子们，别哭啦，你们两个都去上大学，爹给你们借钱去。”

夜深了，人静了，北瓜翻来覆去睡不着觉，来来回回地想：我朝谁借钱呢？怎么说怎么做才不会碰钉子呢？就算人家借给了，我什么时候还给人家呢？

北瓜想到了村主任。北瓜一下子兴奋起来：他曾经和村主任同学同班同桌，那次上学回来，河里发大水，村主任被冲了跟头，他扑上去把他救了起来；村主任这些年开矿山办企业，闹得动静挺大，手里有钱，家境富裕；他比村主任大两岁，念及当年的救命之恩，村主任从不叫他北瓜而是叫他大哥，对他很是尊重。

第二天早饭以后，北瓜就直接到了村主任家里，直接说了借钱的事情。村主任问他为什么借钱，他说：“哎呀，你不知道吗，全县城都嚷红了：我的两个孩子都考上了大学，一个北京，一个上海，都是国家的名牌大学。”

村主任晴得很阳光很灿烂的脸一下子就阴了。村主任气愤地说：“北瓜，你这不是故意给我弄难看、故意臊我的脸吗？你这不是故意抬高自己表扬自己、贬低别人打击别人吗？你这不是故意显示你们聪明伶俐、笑话我们草包笨蛋吗？”

北瓜被说蒙了，一时如在云里雾里：村主任这是干啥呀，东一榔头西一棒槌？他从来也没喊过我北瓜，怎么今天喊得这么响亮这么解气？

村主任愤愤不平地说："你们有才，你们厉害，你们上你们的名牌吧；我们在家也得过光景，用不着别人在我们面前趾高气扬地显摆。"

北瓜恍然大悟，明白自己做事莽撞，伤着村主任的自尊心了：村主任的女儿李小巧，今年照样参加了高考，但是听说考得很差劲很糟糕，闺女天天憋在家里哭，不敢出门了。

北瓜想：我是不是太猖狂了呢？我当着矬人说短话，人家能不反感吗？

北瓜想：我走吧，我往人家眼里插棒槌，钱是借不出来了。

北瓜起身就走，村主任却又问他："大哥，你不是借钱来了吗？"

这声"大哥"很热乎很动听，他把脚步停住了。

村主任说："你借多少钱？"

他伸出一根手指头："一万。"

村主任问："你怎么还我？"

他回答："兄弟，我有了钱马上还你。"

村主任说："废话，你什么时候才能有钱呢？一年两年，还是三年五年？"

他张了张嘴，答不上来。

村主任胸有成竹地说："大哥，你就给我放那群羊吧。我每个月给你两千块钱的工钱，5个月就是1万，10个月就是2万，不算少吧？"

北瓜知道现在市场上的行情，放羊是个技术活儿，雇人放羊每个月至少得出3000块钱；北瓜也知道放羊是个辛苦活儿，上山下山，风雨雷电，饥一顿饱一顿，累得腿疼腰酸；北瓜还知道自己已经52岁，再也不是能够冲锋陷阵的想当年！

可是孩子们等着用钱呢。

可是过了这个村就没了这个店儿呢。

北瓜很高兴很痛快地说："兄弟，我愿意给你放羊，你就扣我的工钱。"

村主任让北瓜坐下，又递给他一支香烟。村主任很和蔼很亲切地说："大哥，我还有一个想法。我想把我闺女小巧嫁给你家儿子，咱俩成为亲家，他俩成为夫妻，这样花好月圆、两全其美。"

北瓜浑身打了一颤，他不想和村主任结亲，尽管他有钱有势。

北瓜赶紧推脱："兄弟，孩子们还小，还不到谈婚论嫁的时候。"

村主任说："咱先给孩子把婚订下，等以后……"

北瓜说："使不得使不得。我儿子上了大学，先得好好学习。"

村主任说："那他也得成家呀，我们等着还不行？"

北瓜说："等不得等不得。你想呀，大学里边女孩子们多哩。"

村主任不高兴了，把桌子一拍："北瓜，你看不起我们？"

北瓜说："不敢不敢，我说的是实际情况。"

北瓜放下那支烟，马上从村主任家里走出来，一边走一边落泪：钱是借不出来了，还得让两个孩子抓阄儿去；他们不抓也得抓，他们必须分出个上下高低。

北瓜不知道，这时候他的家里已经来人了，他们想了解一下，老汉要同时供两个孩子上大学，有什么具体困难和问题。

他们是县政府的干部，县长派下来的。

一个不是问题的问题

沟里村不在沟里而是在山上。

沟里村有一大奇观：男人们吃饭不是坐在家里吃而是把饭碗端到街面上，成群结伙一块儿吃，饭食色彩缤纷，阵势热火朝天。县长周禄到沟里村下乡，见到这一巍然壮观的景象，感到十分新奇。周县长问沟里乡的党委书记王鹏，乡亲们为什么集合在一起吃饭？这有什么说头，这有什么好处？

王鹏被问住了，一时间回答不上来。

王鹏很机灵。王鹏让乡长李瑞回答周县长提出的问题。

李瑞也回答不出这个从来也没有人问过、他从来也没有考虑过的问题；他很不好意思地笑了笑，还用手抓了抓头皮。

周县长走了以后，王鹏书记感到问题很严重。王鹏说：“李乡长，情况不妙啊，在县长面前咱们连一个群众吃饭的问题都回答不上来，咱们还想吃饭吗？县长会不会生气？县长生了气，那还了得！”

李瑞乡长说："王书记，周县长是哪壶不开提哪壶，他问的问题很生僻，咱们俩都没这个准备。"

王鹏批评李瑞："李乡长，你回答不出周县长的问题也就算了，你还笑，你是笑县长荒唐，还是笑县长幼稚？你这不是火上浇油吗？"

王鹏这样一说，李瑞立刻慌了。李瑞给王鹏拱拱拳头："王书记，你不能这样分析问题看待问题，周县长当时把我问蒙了，我就很惭愧地笑了笑，表示自己真诚的歉意——周县长本来问的是你，你为什么把我推出来，让我回答问题？"

王鹏笑了："姜是老的辣，你经验丰富嘛，我把机会让给你，一片好心好意。"

已然到了傍晚，王鹏也不下班，李瑞也不下班；王鹏也不去食堂吃饭，李瑞也不去食堂吃饭。两个人面对面坐在一起，一副若有所思、意犹未尽的样子。

王鹏点了一根烟："李乡长，你想想，在谈到沟里村的乡亲们为什么聚在一起吃饭时，周县长是不是问了我们这样一句话：这有什么好处？"

李瑞频频点头："是啊是啊。这是周县长问话的核心和重点，所以我记得特别清楚，非常清楚。"

王鹏说："那么周县长问咱们这句话时，他脸上是什么样的表情：他是笑着还是严肃着；他是赞赏的口气，还是批评的口气？"

李瑞说："对不起，这一点我没有注意，我记不清楚县长是什么表情，是什么口气；也许他是笑着，也许他是严肃着……"

王鹏想：李瑞你狡猾！你不告诉我我也知道，周县长问这句话时，表情是灿烂的，口气是赞赏的，态度是肯定的，是需要我们总结经验、做出正面回答的。

李瑞想：王书记，这个问题我当然知道，可是我不告诉你！周县长那句话是反问，是正话反说，他说"这有什么好处"实际是说这样没有好处，是让我们总结教训、改正错误。

两天以后，周县长收到了沟里乡的两份报告：一份是王鹏的，一份是李瑞的。

王鹏的报告写道："尊敬的周县长，关于沟里村的乡亲们聚在一起吃饭的事情，我做了深入的调查和认真的分析研究，我以为值得提倡和推广，因为它有十大好处：第一，这样显得大家友爱亲和，时时刻刻团结在一起，紧紧地攥成一个拳头，可以移山倒海，无往不胜；第二，饭场是一个交流信息的平台，大家一边吃一边说，听听村里和山外的新闻，开阔眼界，壮阔胸怀，住在沟里，了解世界；第三，足以显示谁家的媳妇手艺好，能够把男人碗里的饭菜打整得有声有色、有滋有味，从而可以评选模范媳妇，树立互敬互爱的榜样；第四……"

周县长看笑了。周县长想，这个王鹏是个"才"，能把事情夸得花好月圆。

李瑞的报告写道："尊敬的周县长，关于沟里村的乡亲们聚在一起吃饭的事情，我做了深入的调查和认真的分析研究，我以为不宜提倡和推广，因为它有十大弊端：第一，把饭端到街面上吃，吃着吃着饭就凉了（尤其是冬天），这样容易生病，影响健康；第二，把饭端到街面上吃，多了热闹嘈杂，少了天伦之乐；多了你呼我喊，少了夫妻之爱、父子之爱、母子之爱；第三，饭场紧邻公路，来往车辆风驰电掣，沙尘飞扬，吃得满嘴是土；第四……”

周县长又看笑了。周县长想，这个李瑞也是“才”，能把事情批得一无是处。

周县长把王鹏和李瑞叫到他的办公室，态度非常严肃。

周县长说：“你们两个坐下，我必须面对面地和你们谈一次话。”

周县长说：“那天到沟里村下乡，看见乡亲们凑在一起吃饭，我就随便问了几句，你们却洋洋洒洒递上两份报告来，有这个必要吗？以后我还敢说话吗？”

周县长说：“一个不是问题的问题，让你们费了这么大的心计，一个唱红脸，一个唱白脸，你们‘时时刻刻团结在一起，紧紧地攥成一个拳头’了吗？”

| 第二辑 |

变来变去

BIAN LAI BIAN QU

亮　相

今年春天换届选举，梁安被选成了东岗村的村委会主任。

可是梁安一点儿也不像位新主任。人家新官上任，劲头儿可足了，跑得可欢实了，又是开会提口号、表决心呀，又是去找乡长副乡长们谈工作、要指示呀，忙得跟走马灯一样。梁安不，梁安还是四平八稳地待在村里，日出而作，日落而息，该吃就吃，该睡就睡，该下地下地，该下棋下棋——不管从哪一方面看，那个村主任都和他没有关系。

都五天了呀，是骡子是马拉出来遛遛，乡亲们都等着他亮相呢！

直到一个星期以后，在那个月色朦胧的晚上，梁安才公开说话了。梁安说话也不是开会讲话，也不是在街面上和乡亲们谈话，而是坐在村委会的播音室里广播他的《寻物启事》。他说："尊敬的乡亲们，尊敬的爷爷奶奶大伯叔叔大娘婶子哥哥兄弟姐姐妹妹们！由于我粗心大意，我丢失了随身携带的一件东西，使我的工作和生活受到很大影响！东西虽然不大，却是我的心爱之物，我和它朝夕相处，感情很深。这一丢失，特别心疼！如果你们谁拾到了，请给我送到家里，我不会忘记你们的好处，一定好好答谢你们！”

他很认真，他广播了一遍又一遍。大喇叭一响，星星月亮都知道他丢失了东西，山山水水都起了回音。

东岗村的乡亲们彻底失望了：这个 38 岁的梁安，文化水平不低，韬略不少，事到临头，就是这两下子啊？人家亮相，敢上山打虎，敢下海擒龙，说话说得啪啪的，撒尿撒得刷刷的；他亮相却是寻找他的那件东西，是不是太自私太窝囊太个人了啊？而且到底丢了什么东西，他也没叫明唱响，说得云啊雾啊的，攥着拳头让大家猜，就这么忽悠他的爷爷奶奶大伯叔叔们啊？

听了他的广播，二叔和大叔说：“不是东西的梁安，白叫我投了他一票，他葫芦里装的什么药啊？”大叔说：“先别骂他哩！梁安他爹是咱们村的老村长，老村长是为了从洪水里救人死去的，他憋了这么多天才正式露面，必定是有什么因由，咱看看再说吧！”

大叔、二叔这一看，还真有戏了。

第二天中午梁安端着饭碗在院子里吃饭的时候，梁金来了。梁金悄悄地把梁安拉到屋里，点了一根烟，光笑却不说话。

梁安感到蹊跷：“兄弟，有事？”

梁金说：“哥，我是来给你报喜的：你别着急别上火啦，你丢的东西我拾起来啦！”他伸手从衣兜里掏出一部手机，说：“哥呀，货见本主会说话，它肯定就是你丢的！”

梁安笑了：“你从哪儿拾的？”

梁金说：“我从路边儿上拾的呀！”

“哪个路边儿？”

“大路边儿上呀！”

梁安放下饭碗接过手机，兴致勃勃地看了半天，赞不绝口地说：“好手机好手机！功能齐全，款式大方——这样高规格的手机怕得三千多块钱吧？”

梁金说：“三千？四千你也买不了啊！”

梁安把手机装好：“兄弟，谷雨前后，种瓜点豆——你快忙你的去吧！”

梁金眉开眼笑：“哥，你喜欢？”

梁安说：“喜欢，非常喜欢！你新买的手机，我能不喜欢？”

梁金哼着歌走了，柱子媳妇像阵旋风似的旋进来了。柱子媳妇拉住梁安的手，欢天喜地地说：“兄弟，你别着急上火啦，也别心疼啦，看你人都瘦成啥样啦？你丢的东西我给拾起来了——好兄弟，也多亏是我拾到了啊！”

她从衣兜里掏出一块手表来，小心翼翼地捧给了梁安。

手表很精致，样子很好看，那晶莹的光辉如金如玉，那清脆的走动如诗如歌。

梁安笑了：“好表好表！嫂子，你从哪儿拾的呀？”

柱子媳妇说：“我从场边儿上拾的呀！”

“哪个场边儿上呀？”

“就是那个场边上呀！”

梁安把手表装好：“嫂子，谷雨前后，种瓜点豆——你快忙你的去吧！”

柱子媳妇眉开眼笑：“兄弟，你喜欢？”

梁安说：“喜欢，非常喜欢！你新买的手表，我能不喜欢吗？”

当天晚上梁安召开了东岗村全体村民大会。梁安在大会上很激动地说：“乡亲们，首先告诉大家一个消息，我丢失的东西已经找到了，大家别再为我操心啦！它是我爹留给我的传家宝，看见它我就心明眼亮，知道自己该怎么做这个村主任啦！”

会场里二叔问大叔：“这个梁安，绕来绕去，他到底丢了啥宝贝东西啊？听说有人给他送去了手机，送去了手表，送去了钱包，送去了项链……”大叔说：“别插话，你往下听啊！”

梁安说：“今天，有人‘拾’到了手机、手表、钱包和项链，而且很热情很负责任地把它们送到了我的手里。谢谢你们，你们费心了，可那不是我的东西！下面我来点名，点到谁请谁上台，我把你‘拾’到的东西还给你！”

梁安说：“我到底丢了什么呢？我丢失的就是我日常使用的那只补了补丁的烟荷包！大家都知道，我和我爹一样，不抽卷烟而单抽旱烟！”

散会以后，大叔问二叔：“老二，这回明白了吧？”

二叔很兴奋，一副手舞足蹈的样子：“明白了，明白了，好小子梁安！我刚才鼓掌，巴掌都拍疼啦！”

和我一模一样

郑春老汉正在那池温泉里泡得舒坦时，池子里又进来了一个人。和他一样，那个人也是把衣服脱在了外间屋里，赤条条走了进来，赤条条泡进了热气升腾的池水里。郑春老汉把那个人看了一眼，那个人有50岁左右的年纪，个头很高，身条很瘦，皮肤黝黑，脚板很大。见他进了池子，老汉就把伸得很舒展的腿脚收缩回来，还冲人家笑了笑，以表示对人家的尊敬和友好；那个人也冲他笑了笑，并且点点头说："你好，你洗。"

郑春老汉感到奇怪：这个黑不溜秋的人怎么能到这个小池子里洗澡呢？莫非也是身后有人、走了后门？老汉又想：我怎么能嫌人家黑不溜秋，看看自己身上，不也黑得放光黑得出彩吗？老鸹还嫌猪黑，真是没有道理！

那个人在碧波荡漾的池子里游了几下，和郑春拉近了距离。

那个人问："老哥，您今年高寿？"

老汉回答："谈不到高寿，我属牛，今年正好60岁。"

那个人问：“您是温泉村的人？”

老汉回答：“不是，我来温泉村走亲戚。”

郑春老汉是来温泉村看望闺女的。温泉村因有一股天然温泉而得名。那水从山底下冒出来，清冽，光滑，柔韧，温度很高，含有一种很浓重的硫黄味，能祛风除寒，治好许多顽症；没病的人在温泉里洗一洗，还能舒筋活血，保健身体。郑春老汉的姑爷是这家温泉的承包人，一个阔大的池子供普通百姓使用，接待南来北往的客人；一个装修得很高级的小池子供有头有脸的干部们使用，接待南来北往的各级领导。郑春是个放羊的老汉，当然应该在大池子里洗，可是朝里有人好做官，姑爷特意把他领进了小池子。

老汉觉得不妥当，忙说：“这合适吗？”

姑爷说：“合适。大池子里人太多，你就在这里洗。”

老汉说：“那要是来了领导，不就妨碍人家了吗？人家不批评你徇私舞弊？”

姑爷说：“爹，你放心大胆地洗吧，现在已经是下午4点了，不会有领导来了；再说我也没接到乡里的电话，他们不打招呼，就是没人来了，这池子空着也是空着，闲着也是闲着。”

姑爷说完这番话就回家干活去了。姑爷走了工夫不大，那个人就悄悄地来了。

郑春老汉断定他不是什么领导干部：一是姑爷的话说得很明白很透彻，没有电话通知上边就不会来人；二是这个人太平常太一般，黑且不说，肚子扁扁的，脑门窄窄的，眼睛不大，嗓门不亮，没威严，没架势，抬手动脚很随便，很像他们村那个放牛的二愣。这样一想郑春就笑了，就问那个人："兄弟，你是温泉村的人吗？"

那个人回答："不是，我是回家，从这儿路过。"

郑春说："兄弟，我看出来了，你在家是个放牛的。我们村的人说,放牛汉,去放牛,前边拽着牛尾巴,身后背着葫芦头——那葫芦头里装的是开水，准备上山以后渴了时喝。"

那个人笑了："老哥，您怎么看出来我是一个放牛的？"

老汉说："因为我是一个放羊的。我们村的人说，放羊汉，绕山转，喝凉水，啃羊蛋。"

那个人嘻嘻哈哈，一通大笑。那个人说："老哥，看起来您这放羊的还不如我这放牛的呀，我喝的是开水，您喝的是凉水。"

池水柔爽，气氛热烈，郑春老汉觉得舒畅开心，没有隔阂，就往那个人跟前凑了凑，想和人家探讨一些放牛放羊的问题。不料那个人说："老哥，你看，你个头儿不小，脚板可不如我的大。"他说："兄弟，你看，你个头不小，胳膊可没有我的粗。"那个人说："你肚子比我大。"他说："你腿比我长。"那个人说："好像你比我长得还黑！"他说："不对，你比我长得更黑！"那个人拍拍他的肩膀："老哥，咱俩别比啦，进了这个门，就是一家人，他们这里没有搓澡的，劳驾你给我搓搓吧。"他说："行，你在池子边上躺好，我先搓你的胸脯后搓你的脊背，保证让你满意；我给你搓了你再给我搓，也是这个程序。”

他给那个人搓澡时，人家身上没有泥；人家给他搓澡时，搓出许多泥茧来。

洗完了澡，他们手拉着手到外间屋里穿衣服。那个人把西服一穿，把领带一打，光彩焕发，精神抖擞，也不那么黑了，也不那么瘦了，一举手一投足都显得很威风了；更让郑春老汉吃惊的是，他们走到院里时，一位小伙子立刻给那个人捧上茶杯，而且毕恭毕敬地给他拉开了小轿车的车门。

郑春老汉看傻了，看呆了：那个人向他挥手告别时，又有风度，又有力度，一副指点江山的样子，再也不像一个放牛的了！

后来郑春老汉才知道，那个和他一起洗澡的人是县政府的马县长。马县长那天回家路过温泉村时，临时决定洗个温泉澡，他谁也没有惊动，让司机把车停好，就径直走进了那个小池子。

郑春老汉觉得这是缘分，他很珍惜这次奇遇。有一天他怀着十分激动和兴奋的心情，特地来到县政府看望马县长。他觉得马县长挺好，有许多心里话想和他说，比如在洗澡池子里他根本没有看出来他就是县长，比如两个人像兄弟一样比了谁的脚板大，比了谁的胳膊粗等等。可是，当他在马县长的办公室见到马县长、并且有声有色地叙说了那天的事情后，马县长盯着他的脸，很严肃地问道："老同志，这事可不能开玩笑，有这样的事情吗？"

他说："有啊，你躺在池子里和我一模一样，我还说你是一个放牛的……"

马县长说："奇怪奇怪，既然有，我怎么想不起来了？"

差了两级

大家都知道村长，但是不一定知道片儿长。

关于片儿长，作者只能这样给您做出解释：村里最大的官儿是村长，村长现在叫村委会主任；村长的下级是村民小组长，这个小组长相当于原来的生产队长，能管 20 多户人家、上百口村民；组长的下级是片儿长，片儿长只管他住宅周围那一片儿的乡亲，管多了能管七八户人家，管少了只管四五户人家。有这个片儿长办事方便，他能起到村民代表的作用。

所以片儿长者，世界上最小的官也。

杠头是沟里村第八村民小组的一位片儿长，21 岁年纪，高高瘦瘦，像根竹竿。杠头上任当天，村里就出了大事：六叔去县城赶集，傍晚回来时遇上了车祸，肇事的车辆在星光月影中悄悄溜走，六叔被人救起来，躺在医院里奄奄一息。

第二天一大早，杠头就噼里啪啦地敲开了村主任陈讲究的大门。

陈讲究揉着刚刚睁开的眼睛，很不满意地说：“杠头你什么意思？你怎么闹得鸡飞狗跳的？天塌啦还是地陷啦？我昨天晚上 12 点才睡……”

杠头说：“大哥，真的是天塌地陷啦，六叔昨天晚上出了车祸，事情十万火急！”

陈讲究愣了一下：“六叔？就是那个叫韩老六的老汉？哎呀，他出车祸和你有什么关系？”

杠头说：“我是他的片儿长，他当然和我有关系！”

陈讲究这才想起来杠头是位片儿长，那六叔是他的邻居。

杠头很简短地向陈讲究报告了车祸情况。杠头说六叔的伤势非常严重，医生说必须马上手术，可是六叔家里没钱，拿不出那 8 万块钱的手术费……

陈讲究点了一根烟：“你怎么知道得这么清楚？”

杠头说：“我昨天晚上就去了县医院，我在六叔床前守了一夜，当然比你清楚！”

陈讲究说：“那你找我也是白找呀，我手里又没钱……”

杠头说：“你是村主任，你可以号召乡亲们为六叔捐款呀。咱们村 400 多户人家两千多口人丁，只要你一发动一鼓劲，六叔就有希望。六叔和你同龄，他才 45 岁，他还有老婆孩子！”

这是秋天。秋天的风很凉爽，很柔和，很缠绵，丝丝缕缕，吹拂着瓜香果甜。陈讲究叼着那根烟在院子里走啊想啊，想啊走啊，一副运筹帷幄的样子。陈讲究停下脚步喊道：“杠头，人活着真好，你快去找你们小组长来，让他亲自给我汇报——你不该越过他直接找我，小心他对你对我都有了意见！”

杠头说：“讲究大哥，你还讲究个球呀，咱得争取时间，抢救六叔的性命！”

陈讲究不耐烦了：“没有规矩不成方圆，咱必须得按步骤来，按级别来，按官职大小、上下关系来，这是纪律。”

杠头再一次找到陈讲究的时候，陈讲究正坐在桌子旁边吃早饭。杠头很高兴很激动地交给他两叠钱。杠头说大哥，我是片儿长，这 1800 块钱是我们那一片儿为六叔的捐款，这 3200 块钱是我们那个村民小组为六叔的捐款。杠头说因为六叔人缘好，大家都很心疼他可怜他，所以家家户户都拿了钱……

陈讲究呷了一口酒：“你是片儿长，你怎么敢从你们组里收钱？你有那个权利吗？你们组长呢？他为什么不来？”

杠头说我们组长出门了，我给他打了电话，他委托我从我们组里收钱。

陈讲究怒了：“他为什么不给我打电话汇报情况，请求指示？他也不懂原则、不懂规矩？他也骄傲自大、目无领导？他不和我接头，我还找他去？”

杠头说：“大哥，我们组长委托我向你汇报……”

陈讲究一拍桌子：“知道吗，你和我差了两级！”

杠头赶紧给组长打电话，组长又给陈讲究打电话。陈讲究笑了，说：“这还差不多，走走走，时间就是生命，咱们赶快为六叔捐款去！”

几天之后县报、县电视台的记者来到沟里村，采访这件捐款救人的事情。乡亲们推出杠头，说是他首先发起，为了六叔跑前跑后，很辛苦也很卖力气。陈讲究知道记者们来过后大动肝火，说县上的干部也是不守原则、不懂规矩，到了村里不找村长找片儿长，哪有这样的道理？陈讲究愤懑地和媳妇发牢骚，他们不知道吗，片儿长和村长差了两级！

媳妇说：“别闹腾了，你当时不在村里。”

陈讲究说：“我不在村里他们不会给我打电话吗？他们是傻子？”

媳妇说：“那你就去县上找他们，谁叫他们不懂规矩。”

陈讲究感叹：“人家是领导，我怎么找他们？他们不懂规矩，我不能不懂规矩。”

组长也是官

何秋喜是桃树湾行政村杏树湾自然村的村民小组长，掌管着张王李赵 36 户人家，男女老少 138 口人。

何秋喜很认真。何秋喜说：“组长怎么啦？组长也是官，组长管着家长，杏树湾我说了算。”

这天早晨，何秋喜刚刚起炕，安小旦就慌慌张张地跑来找他。安小旦把手里提着的两瓶酒、两条烟放到何秋喜的桌子上，一边抹泪一边说：“大叔大叔不好了！昨天晚上咱们村的人都去桃树湾看电影，我家的那头大黄牛被人偷走了。我娘还指望着卖了那头牛给我娶媳妇。这一下鸡也飞了蛋也打了。”何秋喜笑道：“小事一桩，你哭什么？不就丢了一头牛吗？”安小旦说：“那头牛就是我头顶上的天，牛一丢，天塌了！”何秋喜忽然之间恼怒了：“你活该！谁叫你小子小看我？你来报案，你给我拿烟拿酒干什么？快把你的东西拿走，我何组长最反对吃请受贿那一套。”

安小旦乖乖地把那些烟酒退回小卖部以后，何秋喜才高兴了。何秋喜说：“小旦，当官不为民做主，不如回家卖红薯，咱们现在就找你的牛去。今天不给你闹个水落石出，我这组长就算白当了！”

正是风和日丽的三月。他们脚步匆匆地走到街面上时，太阳刚刚出山。安小旦不知道何秋喜怎么给他破案，就问要不要报告乡派出所，要不要请他们来人。何秋喜回答：“不用他们。”安小旦说：“那咱们怎么破案？”何秋喜说：“死了张屠户，不吃活毛猪，村里好偷东西的人也就三两家，我带你到他们几家搜查去。”安小旦说：“不行，大叔，那样犯法。”何秋喜说：“你怎么这么麻烦，我是组长，有问题我兜着。不入虎穴得不到老虎的儿子，你懂什么！”

何秋喜挺着胸脯进了村头第一家。何秋喜说他是奉了乡政府的命令前来检查卫生的，因为春天好发生传染病，各家各户务必把里里外外打扫干净，就把人家房前屋后、羊圈牛圈十分彻底地检查了一遍，还总结似的笑着说：“不错不错，你们家的卫生搞得真不错。”

何秋喜又挺着胸脯进了第二家，又说是来检查卫生的，可是那家人说：“何组长，你光检查我们的卫生呢，你不检查检查你？你的脸几天不洗了？”何秋喜说：“没事，你别看我脸脏，我心里干净。”

何秋喜再检查第三家时，就不说是来检查卫生了，而是说他家昨天跑丢了一只正在生蛋的老母鸡，他是奉了女人的命令来找那只鸡的……

太阳升高了，牛还没有找到。何秋喜对安小旦说："你先回家吃饭吧，找牛的事情晚上再说，我已经胸有成竹了。不过你得保密，千万别说你丢了牛了。"

晚上何秋喜把村里 18 岁以上、60 岁以下的男人们集合到他屋里开会。他在他的屋门口拴了一个 500 瓦的大灯泡，那灯光照得人们不敢睁眼。何秋喜很严肃地对屋里的男人们说："你们听着，昨天晚上桃树湾演电影，咱们村有人偷偷摸摸办坏事，叫安小旦给告了。要想人不知，除非已莫为，现在请你们在我面前走一趟，看你们的脸往哪儿搁？"何秋喜说了声散会就虎视眈眈地立在了屋门口，挥着手让屋里的人一个一个地走掉。

何秋喜还真把人捉住了。他捉住的是他的本家哥哥何秋乐。何秋乐单身一人过光景，已经是 50 岁的年纪了。

何秋喜对何秋乐大喝一声："说，你昨天晚上办什么坏事了？"

何秋乐嗫嚅道："兄弟，我没办什么坏事……"

何秋喜把桌子一拍："谁是你的兄弟？你少给我套近乎！刚才我看得很清楚，就你从我眼前走过时脸面通红。是不是你偷了安小旦的牛，你心虚什么？"

何秋乐说："兄弟，求求你……"

何秋喜说："屁话！我当组长的还能包庇坏人吗？别说你是我哥，你是我爹也不行！"

斗了三五个回合，何秋乐便如实招了：他说他和安小旦的寡妇娘早就眉来眼去相好上了，昨天晚上村里人都去看电影，他就去了安小旦家，钻了那老太太的被窝……

一听这话，站在旁边的安小旦想走，何秋喜一把抓住他："别动！他们办的事，你不好意思什么？"又接着命令何秋乐："你赔安小旦的牛，没牛你赔给他钱。"

何秋乐说："我又没偷他家的牛，我为什么赔给他钱？"

何秋喜说："好家伙，你还嘴硬？你没偷他家的牛，你偷了他家的人！要不我在村里开个大会，把你的事情说说？"

何秋乐没了奈何，只好答应赔钱，而且很快把钱拿来，交到了安小旦手里。

夜深了，人静了。何秋喜把安小旦送到街里时，觉得自己大获全胜，心情非常愉快。正在这时候从村口跑过一头牛来，安小旦上去就把那牛抱住了，那正是他家丢掉的那头牛。

安小旦高兴地大声呼喊："我家的牛回来啦，我家的牛没丢！"

何秋喜骂道："这狗日的牛，它又跑回来干什么？这一下叫我丢人啦！"

何秋喜说："它一跑回来，就说明我犯了严重错误，我把何秋乐冤枉啦。"

何秋喜说："小旦，反正你娘也和何秋乐睡了，我就做个媒，你把你娘嫁给他，那牛钱就算是彩礼钱。何秋乐是好人，老实，勤谨，厚道，家里也有零花钱……”

何秋喜大为兴奋：“这样花好月圆，我这组长就有了水平啦。”

井水，河水

男人叫老憨儿，女人叫大妮儿；男人 62 岁，女人也是 62 岁。

那天下午他们老两口从闺女家里回来时，遇上了一阵雷阵雨。正走到半路途中，前不着村后不着店的，男人便拉着女人跑到大路北边的一棵大树底下避雨。那棵树又粗又高，拔地而起，枝叶繁密，像一把巨伞撑在他们头顶，把那风雨雷电遮挡得严严实实。

男人说：“你看这雨，说来就来，也不给咱下个通知。”

女人有些胆小：“他爹，你看这雷，好像推磨哩，转着圈儿响，围着咱响，也不知道什么意思。”

男人笑了：“雷阵雨雷阵雨，还能不响雷吗？你害怕就到我怀里来，我护着你。”

女人说：“俺不，俺嫌你汗腥气。”

女人还是往男人身边靠了靠，男人昂首挺胸，做出顶天立地无所畏惧的样子。山也苍苍，地也茫茫，在这风雨交加雷鸣电闪的山野里，他们两个很孤独很无奈。站在那棵树底下，他们就是两只小小的蚂蚁。

男人点了一根烟：“哎呀，这种鬼天气，专门和咱捣蛋哩！本来翻过这道岭，咱们就该到家了，可是……”

女人眼尖：“老憨儿你快看，从岭上下来了一辆小车，跟飞似的。”

男人也看见了那辆由西向东行驶的黑色的小轿车。男人说：“它向东，咱向西，人家是到县城去的，和咱有什么关系？”

想不到那小车嘎吱一声在他们前面停住了。有个人从车里钻出来，伞也没打，淋着大雨向他们跑了过来。那个人扬起手来疯了一样朝他们呐喊：“大叔大婶，快过来快过来！”

他们吃惊了，他们糊涂了，他们呆了，他们还坚定不移地站在那里。男人问女人：“他是喊咱们吗？咱们避咱们的雨，害着他什么了？”女人说：“大概是喊咱们吧，这野地里又没有别人，准是他的车坏了，让咱俩帮他推车。”男人说：“这么大雨，咱不给他推，井水不犯河水，咱知道他是谁？”

男人和女人回到家里时，软软地瘫在了炕上，失魂落魄，心惊肉跳，一时间分不清是阴是阳是白是黑，那一幕实在太可怕太吓人了：那个人不是喊他们帮忙推车，而是强行拽了他们离开那棵大树，跑了几十米，把他们推进了轿车里。就在这个时候，一颗火球飞过来，那棵大树被雷劈掉了，繁茂的枝叶被烧得一片焦黑，树皮从上到下被撕扯下来，开膛破肚一样难看，流淌着斑斑血迹！

男人和女人同时闻到了浓重的焦煳味硝烟味。

那个人说："大叔大婶，雷雨天气，你们不知道不能站在大树底下避雨吗？"

那个人说："大叔大婶，刚才我很着急，态度很不好，对不起！"

那个人问他们是哪个村的人，然后让车调头，把他们送回家里。

晚上星光璀璨，月色朦胧。吃过晚饭的男人忽然想起什么，催促女人："大妮儿，洗洗手，赶紧烧个香吧。"

女人说："我也想给咱们的救命恩人烧炷香，没有他咱俩早被雷劈了，可咱不知道他是谁，怎么祷告啊？"

男人说："我倒是问过他，他说他是县政府的。"

女人说："县政府的人多呢，你知道他的名字吗？"

男人说："人家不肯说他姓什么叫什么，我咋知道？反正他有40岁左右年纪，长得中等个头，白白净净……对啦，我想起来啦，我在咱们家的电视上见过他。你烧香吧，我有办法祷告。"

女人洗了手，把香点着，毕恭毕敬地跪在了地上；男人也洗了手，挨着女人跪下。男人看着那缭绕的香烟，嘴里念念有词："县政府的那个40岁左右年纪、长得中等个头、白白净净、上过我们家电视的大侄子，我们给你烧香啦。今天要不是你搭救我们老两口，我们早被烧成灰了……”

女人哭了：“我们还委屈了你冤枉了你，说你喊我们是让我们给你推车，我们好糊涂，我们好后悔！”

男人也哭了：“大侄子，你不要命啦？你傻啊？你说要是你在那棵大树底下拉拽我们的时候，那个霹雷正好爆炸了呢？我们死了活该死，可是你不值得呀。”

女人说：“你看见我们就当没看见，把车呼一声开过去，也没人挑你的理——谁会知道啊？”

男人说：“我们本是素不相识的人，你为什么把车停下呢？”

灯光闪闪，凉风习习，男人和女人泪眼婆娑，话不一席。

第二天他们带着两只下蛋的母鸡、带着红枣花生山药蛋到了县城，到了县政府大门口。男人和女人说：“他既然是县政府的人，咱就在这儿等着他；我就不信他不出来不进去，哪怕咱等到日头偏西！”可是门卫告诉他们，今天县里召开全县领导干部大会，你们要找的人可能正在小礼堂开会。

他们悄悄地找到了人家开会的地方，悄悄地推开了小礼堂的门。他们立刻兴奋和激动起来，他们要找的那个人正在台上讲话，讲的是干部和群众的关系问题。

男人把女人拉了出来。男人说：“咱们早点回家吧，带上咱的红枣花生山药蛋，带上咱的鸡——你没听见吗，人家有纪律！”

女人说：“那咱不是白跑一趟吗？”

男人说："没白跑，以后他们需要推车的时候，不管刮风下雨，咱俩奋勇向前使劲推。井水河水是一脉相连，千万别再说井水不犯河水。"

吃派饭

那时候村民叫作社员，村主任叫作大队长。

那时候县里的干部经常到村里下乡，来了不能饿着，到吃饭的时候就得吃饭。

那时候村里没有饭馆，公社也没有酒店，干部到了乡下，一律吃派饭：派到谁家就在谁家吃，自己没有发言权。那时候社员们家家穷得叮当响，熬粥没有米，做菜没有盐，干部们都理解都习惯都以身作则，所以不管吃什么，都没有怨言。

这年春天县水利局的小尚来湾里大队下乡，大队长看他长得眉清目秀，一副温顺谦逊模样，心里就很喜欢他。大队长问了问情况，知道他 23 岁，水利学院毕业，去年年底参加工作，今天是第一次下乡；还知道他的老家在千里之外，他们那里是一望无际的大平原，而不像这里鼻子眼窝都是山，盘儿里碗儿里都是山。

就问了这么几句话，小尚已经满头满脸都是汗。

大队长笑了："小尚，别拘束，别腼腆，你是来帮助我们村搞水利建设的，我这就去给你派饭——你还没吃过派饭吧？我们山里生活苦：第一不要嫌条件差；第二不要嫌没味道；第三要闭着眼睛吃，这样才能吃下去……"

小尚赶紧说："大叔，人家吃啥我吃啥，人家能吃我能吃，人家放碗我放碗，不挑不拣不超时。"

大队长点了点头："好，这话是谁教给你的？"

小尚说："我们局长，局长嘱咐我到了乡下就要这般如此。"

很快到了中午。很快有个女人来找小尚吃饭。女人 40 岁左右年纪，中等个头，面孔黝黑，灿烂地笑着，走几步回头看看，走几步回头看看，一直把小尚领进院里，领进屋里。

院子打扫得很干净，屋子打扫得也很干净。女人先请小尚坐下，然后絮絮叨叨，和大队长一样，问了他几个问题。

女人说："孩子，娶媳妇了吗？"

小尚说："没有，我得先把工作做好，现在还顾不上谈对象，娶媳妇。"

女人说："我知道了，你跟前还没有孩子，还跟着爹娘过日子，我说得在理不在理？"

小尚笑了："婶子，您真是一个明白人，在理，在理！"

女人说："孩子，你放松了吗？放松了咱们吃饭。"

小尚不知道女人所说的"放松"是什么意思，又不好刨根追底去打问，就说放松了放松了，吃饭吃饭。女人很高兴地把他拉到饭桌跟前，告诉他这个盆里是小米粥，你可以随便喝，就是熬得稀了一点点；这个盆里是炒面，你可以随便吃，吃的时候要放上一点点盐；这个是暖壶，暖壶里有开水；这个碗里是咸菜；这个碗里是咸盐……女人很细心很认真地一样一样交代完毕，拍了拍小尚的肩膀说："孩子你吃吧，我还有事，就不陪你了。好歹你要吃饱，千万别饿着！"

女人出去了，屋子里就剩下了小尚一个人。

小尚从来没有吃过炒面，一来不知道这炒面是怎么做的，二来不知道这炒面是怎么个吃法。小尚低下头去闻了闻，那炒面很香很诱人，就拿起桌子上的小勺满满当当挖了一勺，放到嘴里。谁知那炒面太干太散，伸长脖子也咽不下去，反倒扑哧一声从嗓子里喷出来，天女散花一样，弄得鼻子眼窝都是。反正屋里没人，小尚胆子也就大了，想起大队长闭着眼睛才能吃下去的教导，就把眼睛闭了，先挖一勺炒面到嘴里，再挖一勺咸盐到嘴里；后来觉得这样吃太咸，就使劲喝那小米粥，那粥这个米挨不着那个米，真的是很稀很稀。

这顿饭小尚顾此失彼，吃得很累很狼狈。

女人回来了。女人一见小尚的样子，眼里就有了泪水。女人说："孩子呀，你怎么把炒面全都撒到脸上了？这是把黄豆炒了从碾子上碾出的炒面，你这不是糟蹋东西吗？你应当把它放到碗里用水拌着吃，味道香甜着呢！"

小尚的脸一阵发热发胀。小尚说："婶子，对不起，我没有见过炒面……大队长告诉我，让我闭着眼睛吃……”

女人又拍手大笑，笑得眼里又有了泪水。女人说：“大队长那是好心好意，他怕你嫌我们乡下人脏，这也吃不下去那也吃不下去，眼不见为净嘛，所以他说让你闭了眼吃，你倒真的闭了眼吃。”

女人拿过一条毛巾来，轻轻地把他的脸面擦洗干净。

下午小尚很惭愧地向大队长汇报了中午吃饭的情况，并请大队长对他的举动提出批评。大队长说：“批评什么，吃一堑长一智，废话不说了，我现在给你解释几个问题：第一，那女人是怕你紧张怕你胆小，所以吃饭之前和你唠唠家常，让你放松自己；第二，他们是怕你害羞怕你放不开肚皮，所以没有陪你吃饭，一家人都躲了出去；第三……第三就算了，没有必要告诉你。”

小尚在湾里村住了3天，临走的时候才知道大队长和那个面孔黝黑的女人是一家子，他们还有两个孩子。小尚还了解到这样一个重要情况，湾里村的老乡们吃炒面，都要在碗里掺上多半碗菜，比如杨树叶、柳树叶等，而他那天吃炒面却是干吃，桌子上没有一片菜叶子。

小尚想：是不是因此大队长一家才没有陪他在一起吃饭，而是把时间错开，各吃各的？

小尚想：这是不是大队长要给他解释的第三个问题？

城里人，乡下人

楚科长的对门原来住的是金局长。金局长搬走了，把房子卖给了乡下人，就住进了一对卖菜的小夫妻：那男的一头黄土，那女的满身风尘。

楚科长想：这年头还是有钱好啊，有了钱就可以在城市里买房住，乡下人就可以堂而皇之地和市委市政府的干部住在一起，搞得鱼目混珠，良莠不分，整栋楼房甚至整个居住小区都乱套了，这叫什么事情？

楚科长也想搬走，但是他比不得金局长有钱，所以一时又搬不走。

楚科长便提高了警惕：出门时一定要把门锁好，回家以后还要把门反锁好，生怕一时疏忽，丢了什么贵重东西。那一天是个星期天，正好下雨，楚科长正坐在沙发上喝茶时，门铃很悠扬地响起来了。楚科长开门一看，对门那对小夫妻笑嘻嘻地站在他的门口，一副抬脚要进他的屋子的样子。

楚科长挡住他们说：“你们找谁？”

那两个异口同声地说：“楚科长，我们找你。”

楚科长说：“有事？”

那男的说：“今天下雨，我们出不了门，想和你坐一坐、叙一叙。”

楚科长想：奇怪了，我上我的班，你们卖你们的菜，风马牛不相及的事情，我和你们有什么好坐的，有什么好叙的呢？莫非我在市政府当科长，想和我套近乎？莫非我的那个科和市场经济有关系，想走我的后门？算了吧，免了吧，多一事不如少一事；再者说啦，你们就闻不见你们浑身的汗腥味土腥味？

楚科长说：“好呀好呀，有话就在这儿说吧——我也很想和你们在一起坐一坐、叙一叙，只是成天乱忙一气，抽不出工夫。”

那女的说：“其实我们也没事，我们是觉得咱们住在一起了，这就是咱们两家的缘分。以后你有什么事情，需要我们帮忙，就喊我们一声，我们保证尽心尽意。常言讲，远亲不如近邻，近邻不如对门……”说着话从背后提出一只塑料袋子来，那是满满一兜鲜嫩的蔬菜，有黄瓜、豆角、西葫芦、西红柿。

楚科长说：“哎呀，不好意思，不好意思……”

那男的说：“今天下雨，你就不用出门买菜了，这是我们的一点儿心意。”

楚科长笑了笑，点了点头，接过那沉甸甸的一兜蔬菜后，与那夫妻两个握了握手，就把门关住了。关住门之后，楚科长又觉得哪里不妥当，又拉开屋门探出半个脑袋说："谢谢，谢谢！我今天很忙，要不你们进屋坐坐？"

那女的说："不用啦，我们的话已经说完啦，你忙你的吧。"

晨风暮雨，日出日落，平凡而又忙碌的日子，就这么平凡而又忙碌地度过。这天早晨正要到单位上班时，楚科长发现自己的手机丢了。楚科长低头一想，昨天晚上对门到他的家里来过：那个30岁左右的小伙子给他送来了几个棒子面的锅贴饼子，说是自己家里做的，新磨的面还搁了几个红枣，闻着挺香，请他尝尝味道如何。小伙子规规矩矩地在他的沙发上坐了一刻，抽了一根烟，很简单地和他叙了叙乡情、家情，然后走了。

他这才知道他姓田，名字叫作田水，乡下的老家还有5岁的儿子，年逾花甲的父母。因为他老打哈欠，小伙子和他叙谈的时间很短，大约只有10分钟的样子。

楚科长想：又无别人来过，那田水会不会顺手牵羊，拿走了他的手机呢？

楚科长想：如果不是这样，他的手机怎么会不翼而飞呢？

经过反复思索，经过慎重考虑，楚科长还是敲开了田水的门，走进了人家屋里。那对小夫妻见他来了，很有一些受宠若惊，灿烂地笑着，热情地拉住他的手，请他坐下，请他喝茶，请他抽烟；还拿出红枣花生核桃，请他挑好的吃，挑想吃的吃。

田水很高兴地说："楚科长，我们做邻居好几个月了，你第一次来到我们家里。”

楚科长说：“忙嘛，身不由己，身不由己！小田啊，我来是想告诉你，你们做的锅贴饼子真香、真好吃。”

楚科长一眼看见了田水桌子上的手机，那手机与自己的手机毫无二致，那几乎就是自己的手机。

楚科长笑了：“小田，这是你的手机？”

田水说：“也可以说是我的，也可以说是我媳妇的，我们两个共用一部手机。”

楚科长拿起手机，仔细欣赏把玩了一番。楚科长说：“小田，恭喜你发财，你的手机还是名牌，档次不低。”

田水说：“如今的老百姓也讲究一步到位，买就买好的，买顺心的。”

楚科长很注意观察田水的表情，田水说话自然流畅，落落大方，一直很真诚地笑着，一点也没有“那个”意思；楚科长又去观察小田的媳妇，那女人正忙着给他砸核桃，脸也不红，手也不抖，照样也表现不出“那方面”的意思。

楚科长只好把手机还给人家，讪讪地说：“好手机，好手机。”

楚科长起身要走时，被田水拉住了。田水说：“楚科长，你来得正好，要不我们两个才说去找你！刚才老家来了电话，说我们的孩子病了，让我们马上回去。”

楚科长心里一动：他们是不是做贼心虚，想找个理由躲一躲呢？可是这种办法也太愚蠢呀，你跑得了和尚跑得了庙吗？

楚科长很惊讶地说：“怎么，孩子病了？那你们赶紧回去。”

田水的媳妇已经把一串钥匙掏了出来。女人说：“楚大哥，麻烦你了，请你给我们看几天门子。刮风下雨的时候，请你检查检查我们的窗户，看关好了没有，进雨了没有；收水费电费的时候，请你帮我们看看表，别出了什么错误。钱就在这个抽屉里放着，你拿给他们就是。”

女人把钥匙交给他的时候，那串钥匙热热乎乎，给他一种很亲切的感觉。

他掂掂那串钥匙说：“田水，这怕不好，这……”

田水笑道：“大哥，我们不怕，你怕什么？”

楚科长的手机是两天以后找见的。那一天他打扫卫生，发现他的手机掉到了床底下，上面正好扣了一只鞋子。

睁只眼闭只眼

那天庆福老汉在村南干活时，看见水渠跑水了，不知道怎么回事，原本很结实很牢靠的渠堤开了口子，渠水由高向低一泻而下，哗啦啦地奔腾着蔓延着，早已经淹没了山脚下的那条宽阔的土路，并在路面上积水，搞得汪洋一片。

正是农历五月，天气旱得冒烟，一滴水就是一粒金豆子。

安闹儿正蹲在那个大水汪旁边抽烟。安闹儿是庆福老汉的侄子。

庆福喊道："安闹儿，你去把那渠堤挡好，你看这水流了一世界，你不心疼呀？"

安闹儿问："叔，您急着浇地吗？"

庆福说："我不浇地有人浇地，总不能把那一渠清水糟蹋了！"

安闹儿笑了："叔，您是狗拿耗子多管闲事，您不浇地，您管它怎么着？"

庆福听了这话很不舒服，这个安闹儿也是30岁的人了，说话这样没大没小，没有礼貌！就算我今天管了闲事，我是狗吗？正想和安闹儿好好理论一番时，一辆黑色的小轿车由南向北开过来了。小轿车不知那路面上的积水是深是浅，硬着头皮就闯，结果“呜”地一声陷在泥里了；接着又挣扎了两下子，还是不顶事，好像长根了，拔也拔不出来了。

开车的师傅下了车，站在水汪里和安闹儿打招呼：“兄弟，您好，请您搭把手，帮忙推推车——我还急着赶路呢，误了工作，领导要批评我！”

安闹儿立起身来：“大哥，对不起，我还急着浇地呢，误了活儿，我媳妇会闹腾我；我媳妇脾气很不好，想骂就骂我，想打就打我。”

庆福听愣了，安闹儿本是光棍一条，哪儿来的媳妇啊？

开车的师傅给安闹儿扔了一盒烟。

安闹儿又把那盒香烟扔了回来，抬腿就走。

开车的师傅追上去，把一张百元大钞拍在安闹儿的手里：“兄弟，这是报酬，大哥今天求您了。”

安闹儿这才返回来，脱掉鞋子挽好裤子走进那个大水汪。因为他帮忙，那辆轿车很快被“拔”出来，鸣了两声喇叭后，忽地跑远了。

安闹儿向人家挥了挥手，又蹲在原来的地方开始抽烟，一边抽烟一边把玩那张钞票，脸上虽然有了点点泥巴，但是鼻子眼窝都是笑。

又一辆轿车开过来，又陷在大水汪里了。

安闹儿如法炮制，又得了一张百元大钞。

庆福老汉想：光天化日，安闹儿这不是劫道吗？

庆福很生气，就想教训教训安闹儿。庆福喊道：“安闹儿，你小子财迷心窍，敲诈人家，不嫌丢人吗？”

安闹儿洋洋得意：“叔，我靠劳动吃饭，我救别人于水火之中，我丢什么人？我光荣啊——没听见他们说谢谢我吗？”

无奈之下，庆福爬上坡去，挡好了渠堤上的口子；水是挡住了，可土路上的积水一时渗不下去，那里还有很深的积水。

安闹儿又蹲在积水旁边抽烟，一边抽烟一边把玩手里的钞票。

庆福老汉躲开了安闹儿，眼不见心为净，他到另一块地里干活去了。

可是他躲不开安闹儿，工夫不大安闹儿又找他来了。安闹儿说：“叔，您得帮帮我的忙，我遇到难处了。您是我的亲叔叔，我爹不在了，您就是我亲爹。”

这话庆福爱听，而且听了很感动。庆福说：“小子，我能帮你什么忙？”

安闹儿说：“你得帮我推推车，有辆大车陷在那里了，我自己推不动……”

庆福立刻火冒三丈：“我不去！你又敲诈人家，我嫌丢人，我怕对不住祖宗。”

安闹儿说：“叔，这回我听您的话，白给他推。他是我的朋友，能朝他要钱吗？”

庆福说：“这就对了。人生在世，谁不出门谁不求人呢？帮帮人家的忙那是应该的。不能拿人家的钱，不能做没良心没道德的事。”

他们费了九牛二虎之力，把那辆大汽车推出来时，天气已经晌午了。他们一同回家吃饭，一路走一路说说笑笑的。临近村口，安闹儿忽然从兜里掏出100块钱，出其不意地塞到庆福手里。安闹儿说：“叔，请收好，这是您的劳务费，那个大车司机给的。”

安闹儿刮风一样跑远了，庆福明白自己受骗了。

庆福饭也顾不上吃，就找到了村主任，让他把安闹儿好好管教管教，别再做给村里丢人的事。

老汉把那张钞票拍到了村主任的桌子上，说这就是安闹儿损人利己的证据。

村主任说：“大哥，别生气，你说得好做得对，我首先支持你表扬你。”

村主任说：“但是安闹儿有他的难处，他急着娶媳妇，手里缺钱，所以……你是他叔叔，还能让他当一辈子光棍儿？睁只眼闭只眼算了。”

下午庆福又到村南干活时，又看见那条水渠跑水了，又看见那条土路被水淹没了，又看见安闹儿蹲在那个大水汪旁边，兴致勃勃地抽烟，一边抽一边唱曲儿。

庆福走过去问："安闹儿，那渠是你故意挖开的吧？"

安闹儿很淡定："叔，村主任说了，您就睁只眼闭只眼吧。"

安闹儿很不满："叔，您不该把那 100 元交给村主任，我给他提着成哩。"

有，当然有

刘绍周的小名叫作假妮。假妮，自然是个男人。

刘绍祥的小名叫作难看。难看，其实并不难看，人长得挺精神。

刘绍周在村里当干部，是村委会主任；刘绍祥在村里当代课老师，教小孩子们算术和语文。刘绍周和刘绍祥岁数相同，辈分相等，只是不知道为什么，挺好的两个人，一个叫了假妮，一个叫了难看。

这天夜里，刘绍周躺下以后睡不着觉，就想村里这样那样的事情。想着想着，他忽然发现了一个特别奇怪特别难以理解的现象：村里的乡亲们每当见了他的面，都是喊他假妮子，喊得很直接，喊得很响亮；而每当见了难看刘绍祥，都是喊他刘老师，喊得很尊敬，喊得很亲切。

刘绍周想：这么大的村庄，哪怕有一个人喊我一声主任，也算是个亮点，也算是个惊喜，也算我这主任没白当啊，难道我的声誉和影响还不如一个代课老师？

刘绍周想：退一步讲，乡亲们哪怕喊我绍周呢，也比叫我假妮子强啊！

刘绍周和媳妇说："你听，村里的狗叫唤哩！"

媳妇说："叫唤它就叫唤吧，黑更半夜，你还不让它们叫唤？"

刘绍周说："我听着它们像是喊我假妮子、假妮子。"

媳妇笑了："狗还会喊人的名字？你那是自觉虚。"

媳妇睡着了。媳妇睡觉打呼噜，媳妇的呼噜也是一声声的假妮子、假妮子，而不是难看子、难看子！

第二天早晨阳光灿烂，和风悠悠。刘绍周撂下饭碗就往县城走，刚刚迈出大门时正好遇上刘石头。那老汉刚刚下地回来，满头大汗，浑身泥土。

刘绍周很不喜欢刘石头：老汉说话刨根问底，挑鼻子捏眼，很"刺头"。

可是撞上了，再退回去就不好看了。

老汉开口就问："假妮子，你这是去哪儿？"

他很干脆地回答："进城。"

老汉穷追不舍："正是种瓜点豆的大忙时候，进城干啥？"

他冷冷一笑："我进城干啥，还要告诉你吗？"

老汉说："哦，我明白了，你又去请局长们吃饭。你请了多少回了？我光听说你请人家吃饭，也没看见你办成什么事情！"

他嗤之以鼻："老人家，你知道什么？"

老汉不服："你说我知道什么？你请人家吃饭不花钱吗？你花谁的钱？"

刘绍周本来是到车库开车的，可走到车库跟前时却发现忘记带手机了。他又往回返，返回来的路上他又看见了刘石头：刘石头站在街里正和刘绍祥说话，两个人说得挺热乎。

刘绍周躲在一边听，听听刘石头叫不叫刘绍祥难看子。

刘石头说："刘老师，你这是去哪儿？"

刘绍祥说："大叔，您是我老辈子，您就叫我难看吧，我今天给两个学生补课。"

刘石头说："乡亲们都叫你刘老师，我也必须这样叫！刘老师，今天不是星期天吗，你还给孩子们上课？"

刘绍祥说："有两个孩子闹了几天病，误了不少课，我怕耽误他们的前程，就给他们补补功课……"

刘石头说："我听说你昨天晚上就给他们补过课了，今天又……你有心脏病，千万别累着。"

刘绍祥说："大叔，我这是老病了，不要紧，您别挂记我！"

刘石头说："刘老师，可是你才40岁……"

听啊，听啊，刘石头"老师长老师短"，从头到尾没叫一声"难看子"！

刘绍周想：哎呀，这个刘难看，还真有人喜欢他！

刘绍周想：哎呀，这个刘石头，还挺会心疼人，他又没有孩子上学。

午饭以后，刘绍周带着满身酒气飘飘忽忽走回家来。今天的事情很不顺利，他请的那些局长，大部分都没有到场，有两个虽然到了，却吃得偷偷摸摸，他还没有把话扯到正题上，他们就悄悄地溜了。他真想拍着桌子骂他们一通，却又觉得来日方长，这些人得罪不得。他进院以后媳妇变脸失色地告诉他，你赶快到刘老师家里帮忙去，刘老师去世了；他说这不可能，我早晨进城时还见过难看，他说要给孩子们补课；媳妇说刘老师就是在给两个孩子补课的时候倒下的，你还磨蹭什么？

刘绍周撒腿就往刘绍祥家里跑，路上就又遇见了刘石头。那老汉才从刘绍祥家里走出来，边走边哭，泪眼婆娑。

他把脚步停下："大叔，我刚刚知道绍祥去世的消息……"

刘石头说："假妮，乡亲们要给刘老师立碑，钱都凑够了，你有车，你城里有熟人，你去给跑跑这事，谢谢你了。"

他稍一犹豫："大叔，我刚从城里回来……"

刘石头扑通一跪："主任，算我求你啦。"

一个月之后，刘绍周成了普通百姓。有人问他："假妮，你当官当了好几年，有人叫过你主任吗？"他说："有，当然有，不信你问问刘石头。"

变来变去

娘刚刚生下他来的时候，他白白胖胖、圆圆乎乎，他上边还有一个哥哥，娘便很高兴很得体地给他起了一个名字：二蛋。

娘也不识字，爹也不识字，娘姓马爹姓苟，夫妻两个都是老实巴交的庄稼人。

寒来暑往，花开花落，二蛋长到了8岁。

开始上学那一天，老师在小学校的操场上迎接他。老师拉住他的手，问他叫什么名字，他说叫苟二蛋；老师问他“蛋”是哪个“蛋”，正好操场上跑过来一只狗，他就笑着说，蛋是狗蛋的蛋，因为除了狗蛋外，他当时实在想不出还有什么“蛋”。

从此，学校的老师叫他苟二蛋，同学们叫他苟二蛋，村里人叫他苟二蛋，而不管谁叫他苟二蛋，他都答应得很甜、很爽、很痛快、很响亮。上到初中时，他突然发现了什么，于是悄悄地把自己的名字做了改动，把那个“蛋”改成了这个“旦”，改成了元旦的旦，旦夕的旦；上高中时他又把自己的名字做了改动，悄悄地把那个“旦”改成了这个“诞”，诞生的诞、诞辰的诞、寿诞的诞。

以后他上了大学。以后他在他们那个山区县参加了工作。

参加工作之后，同事们先是叫他小苟，后来就叫他苟科长、苟主任、苟局长，后来满县城的人就叫他苟副县长、苟县长；当然也有例外情况，那是当他和三两个情同手足的老同学在一起喝酒而又喝得飘飘欲仙时，他们便毫不避讳地叫他“二小”，他们大呼小叫地喊道：“二小，二小，快给老同学斟酒，快给老同学点烟。”场面很是热闹。不过这种情况很少，而且也是绝密，只有天知地知你知我知，一般二般三般的人们是不知道的。

再后来他被调到了市里。调到市里以后人们就一律称呼他苟副市长、苟市长了。总结了多少年的经验，这时候他深刻地发现，什么这个“旦”那个“诞”，那都是没用的蛋，人只要有个姓氏就足足地够用了，何必要那个名字？要名字的人都是凡人、俗人、庸人，而恰恰庸人自扰。

有一天他的70多岁的父亲从乡下赶来市里看他。父亲见他很忙，住了一夜就要走。临别时父亲久久地端详着他的脸说：“二蛋，你很忙，你要注意身体。”

他一愣：“爹，您说什么？您让谁注意身体？”

爹说：“我让你注意身体！二蛋，你可瘦了。”

他想起来了，他从遥远的记忆里想起二蛋来了。他的脸一红，悄悄地和父亲说：“爹，您看您这是怎么说话，这场合、这环境，当着这么多人……您应该叫我的学名，叫我的大名！”

爹说：“叫你的大名，你也是二蛋呀！我就是叫的你的大名。”

周围有人笑了，笑又不敢大笑，只好用手绢掩了嘴笑，样子很像擤鼻涕。

这件事对他的震动很大。他想是不是再把那个“诞”字改一改、动一动，防止像爹这样没有文化的人乱叫一气，但考虑了好长时间还是觉得自己已经50多岁了，名字是不好改了，而且除了父亲外，也没人那么直来直去地叫！父亲轻易舍不得出门，十年八年也不来市里一趟，那种情况怕是不会发生了，永远不会发生了。

他分析得很对很正确，情况果然如是：父亲在来看他的第二年就去世了，父亲永远不会和他说话了。

寒来暑往，花开花落，他退休了。

那个星期天他在花园里散步时，正好碰见了他原来的秘书小吴。小吴嘴里叼着一根烟，正坐在一张椅子上看一本杂志。他喊：“小吴，你看书哪？”小吴喊：“老苟，你遛弯哪？”紧接着花园里的男女老少一片声地喊他“老苟、老苟、老苟”，虽然春风融融、杨柳依依，虽然绿草茵茵、花开艳艳，他还是没了游园的兴致，匆匆忙忙打道回府。

这天晚上他彻夜未眠。他翻来覆去地想：那小吴的嘴本来挺甜，待人接物也一向彬彬有礼，现在怎么叫我老苟？这个叫我老苟，那个叫我老苟，知道我姓苟的人知道那是喊我，不知道我姓苟的人那就糟糕啦，大庭广众之下，那不就是喊一条狗吗？

一气之下，他搬回了他老家的县城。他想：我在这县里当过县长，又从这里高升为市长，提拔和重用过不少的人，又是乡里乡亲，总不会有人在大街上喊我老苟！所以，在搬回县城的第二天，他就背着手在街面上散步，走得优哉游哉，走得飘飘忽忽，走得很有韵味，走得很有派头。

哪里知道马路对过竟然有人大声呼喊他“二小”，喊他“二小”的人竟然是当年县政府的收发员小刘！小刘（现在早已是老刘）笑嘻嘻地立在那里招呼道：“二小，你回来啦？我大老远地看着就像是你，果然是你呀。”

他走过去很严肃地说：“你怎么知道我叫二小？”

小刘说：“我早就知道你叫二小，但是没叫。”

他说：“你现在也不该叫我二小，当着这么多乡亲，当着这么多散了学的老师和同学。”

小刘说：“奇怪奇怪，你是二小还不让人叫你二小？你的名字不是让人叫的吗？非得喊你县长、市长你才高兴？你现在还是县长、市长吗？你不是县长、市长了，你又成二小了，我没有叫错呀。”

他无言以对。他说：“好，好好，好好好。”

一怒之下，他把家搬回了村里，搬回了生他养他的地方。

走遍天下还是自己的家乡好。家乡有青山绿水，家乡有白云蓝天，家乡有鸟语花香，家乡有炊烟缭绕；家乡没人喊他县长、市长，家乡没人喊他老苟、二小。家乡喊他爷爷、大伯、叔叔，家乡喊他哥哥、兄弟、侄子，情也浓浓意也浓浓，笑也真诚哭也真诚。他沿着小路上山，他光着脚丫下河，他迎着朝霞打拳，他踩着月光哼歌，他在如烟如雾的细雨里走亲访友，他在大雪纷飞的日子里戏耍欢乐，他吃的是顶着露珠的一掐就嫩得流水的鲜菜，他喝的是由他端着奶锅亲自接来的不掺假不带水只带着体温带着芳香的牛奶……他想：这里才是人间天堂，这里才是神仙的境界。

他过得十分愉快，没了那些纷纷扰扰。

几年以后他去世了，村里为他举行了隆重的葬礼。

有过路的人问村里的乡亲："你们村里谁死啦，搞得这么热闹？"

乡亲们回答："二蛋死了。"

过路的人又问："哪个二蛋？"

乡亲们回答："苟二蛋！老苟家的二小。"

这话不知道他听到了没有？

功　夫

说的是那时候的一件事。

那时候我在我们县委宣传部工作，36 岁年纪，担任新闻报道组组长，因为所写稿件屡屡见报，便有了一些名气，有了一些影响，不管大小吧，说起来也算得上是县里的一个人物。

我就有一些高兴，是从心里往外高兴。

那一天我去采访北台大队党支部书记李兆祥。李兆祥 50 岁挂零，个头瘦小，事迹突出，是我们县唯一一位全国劳动模范，在绿化荒山、兴修水利、修田造地、维护集体利益等方面做出了很大贡献。我和李兆祥很熟，在县委县政府召开的各种会议上，多次和他交流、座谈，还和他坐在一起看过电影、看过戏剧，因为我戴了眼镜他便叫我“眼镜”，我则称呼他老哥。我还没有到过他的家乡北台村，今天一去，正好弥补往日的缺憾。

县城离北台村 60 里路，我早晨 7 点动身，骑了自行车，一路跋山涉水。我在 10 点左右到达这个百八十户人家的村庄的时候，李兆祥叼着一杆旱烟袋，正在村口等我。我下了车子喊了声“老哥”，他跑上来喊了声“眼镜”，然后紧紧握手。然后他把我领进了他们大队办公室。

他让我坐下，递给我一条毛巾，让我擦擦满脸的汗水；又给我倒了一杯开水，笑嘻嘻地拍着手说：“眼镜，接到你的电话很高兴。你第一次来到北台村，辛辛苦苦给我们做报道，欢迎欢迎，热烈欢迎！”

我立起身来回答他：“老哥，我是来北台村学习的，能有这个机会，我很幸运。”

他很认真地问：“眼镜，你直截了当告诉我，咱们谈什么？”

我拉他坐在椅子上：“老哥，男人的一半是女人，听说您和您家大嫂相敬如宾、生活美满、珠联璧合，您先谈谈她对您的支持吧，能举些事例当然更好。”

他就很动感情地谈起了老伴儿对他的支持与合作，我就兴致勃勃、全神贯注地听着。正听得津津有味时，他突然拍着脑门恍然大悟地说：“哎呀眼镜，大事不好，我忘记给你派饭了，民以食为天，我现在必须先给你派饭去。到了北台大队，不能让你饿着。”

那时候干部下乡都是吃派饭，人家做什么你就吃什么，不能挑剔；饭后要交粮票和饭钱，不能拖欠。

我看了一下腕子上的手表，已经是上午 11 点 30 分了，这个点儿乡亲们已经开始做午饭，再不派饭就要误事了。

我点了点头，他就匆匆忙忙派饭去了；我喝了一杯水、抽了一支烟后，他又匆匆忙忙回来了。我问他派好饭了吗，他眉开眼笑地说放心吧，派好了；管饭的人家是一位大嫂，这老太太又热情又厚道，又干净又利索，保证你能吃好喝好。

他又说："来吧，眼镜，咱们接着谈。"

村里午饭吃得晚，我们是下午1点才去吃饭的。李兆祥在前边一步一步地走，我在后边一步一步地跟着。农历三月，杨柳吐绿，桃杏绽放，街面上的空气都是香的。正走到好处时，李兆祥却把脚步停住了。他立在一户人家的大门口喊："大嫂，大嫂，饭做好了吗？吃饭的赵干部来了。"

一位长得高高大大的老太太应声走了出来。她也有50多岁年纪，脸面和善，衣服整洁。她开口便批评李兆祥："哎，你吆喝什么吆喝什么？怕人听不见吗？"

李兆祥很严肃："大嫂，咱们全村子就你没有礼貌！当着县委的老赵，你应该叫我李书记，还哎哎什么？咱不是已经说好了吗，饭做熟了吗？"

女人把我们领进屋里时，桌子上放着一盘炒鸡蛋、一壶红枣烧酒，锅里正好要煮面条儿。

李兆祥笑了："好好好，好好好，难得大嫂这么大方，这么热情，这么舍得！俗话讲：见一见，分一半。今天我就不回去了，我陪着老赵在你们家吃了。"

女人马上推辞："你呀，你还是回去吃饭好，要不会有人等着。”

李兆祥说：“不怕不怕，她是傻老婆等汉子，等着也是白等着。”

李兆祥拉了我一把，我们两个人就在饭桌旁边坐下了。

我很纳闷：那个时候的下乡干部，不是有着特殊而又特殊的关系，谁能在社员家里吃到炒鸡蛋、吃到白面条儿？

而且还有一壶枣酒，闻着就醇厚甘爽、香味缭绕！

我很感叹：难怪李兆祥夸奖这位大嫂热情、厚道、舍得！

女人拿出两双筷子来，一双给了他们书记，一双给了我。

李兆祥说：“谢谢，谢谢。大嫂，你还是让谁给捎个口信儿，就说我在你们这儿吃饭，叫她不要等我了。”

女人说：“你不是不怕吗？”

李兆祥拱了拱拳头：“大嫂，麻烦你老人家啦，我们俩毕竟也是老夫老妻了。”

女人出去了，大概是让谁捎信儿去了。李兆祥亲自下手，从人家屋角里拿出两头大蒜来。他说吃面条儿不能没有蒜，他知道她家的大蒜在哪里放着。

我问李兆祥：“老哥，这位大嫂的老伴儿呢？”

他说：“你问他男人啊，他男人太老实太胆儿小太没见过世面，有县上的干部在他家吃饭，他就不敢回来了。咱们先吃咱们的，不用管他了。”

女人回来了。女人一半儿脸笑着，一半儿脸认真着，忙着往锅里下面条儿。

李兆祥汇报说："大嫂，我拿了你们家两头大蒜，你好好记着。"

女人点了点头，表示知道了，记住了。

太阳落山的时候我回到了县委宣传部，刚进办公室桌子上的电话就响了。我拿起听筒一听，是北台大队的李兆祥，他问我回到县城了没有，今天累不累，有没有收获。他说："眼镜，作为记者，你的功夫还是不到家，该看破的事情看不破，这会儿明白了吗？"

他把电话挂了。我从兜里掏烟时，摸出来几毛钱和4两粮票。

这是我亲手交给那位大嫂的饭钱，不知道怎么又装回来了。

打了一个愣怔

有话说“十里乡俗大不同”，沟里村的乡俗就和别处不一样。

比如拜年，人家上下邻村给人拜年只是拱拱拳头，笑嘻嘻地说声“拜年啦拜年啦，发财呀恭喜发财呀”，就算把年拜了；沟里村不，沟里村给人拜年一定要进家，晚辈一定要走进长辈家里，老老实实跪下，扎扎实实给老辈子磕 3 个响头，然后起身，然后再说“拜年啦拜年啦，发财呀恭喜发财呀”。

这是老祖宗留下的规矩，谁也不能改变。

但是如果这位老辈子谦和开明，不好意思让人跪下给他磕头，就会上前阻拦说：“算啦算啦，还磕什么头啊，你一来礼节也就到了，头就算磕了；你抽烟吧，你喝茶吧，你吃糖吧，你到别人家里拜年去吧。”

碰上这样的老辈子，拜年的人很高兴：既能吃糖抽烟，又不用下跪叩头；既有了礼节，又不失亲情，何乐而不为?

有个秘密告诉大家：沟里村的晚辈们最愿意最高兴给梁志

拜年。这位年过花甲的老汉热情好客，淳朴实在，年年给他拜年，年年不让磕头；年年给他拜年，年年都有糖吃，都有烟抽！

今天就是大年初一，又到了年轻人走家串户给长辈拜年的时候。

迎着如火如荼的朝霞，梁二喜精神抖擞步伐轻快，一边哼歌一边朝梁志家里走。梁志是他亲大伯，待他之恩天高地厚，他当然要先给大伯拜年；而且这次拜年与往年不同，他梁二喜有了新的身份，有了新的担当和责任！大伯绝对不会让他磕头，三十多年来他年年拜年，从没给老汉磕过头。

但是今年他一定要做出坚决磕头的样子，不管老汉怎么阻拦，怎么拉拽，一定要奋勇向前、百折不挠，一定表现得真心实意、忠心耿耿；至于这头到底磕不磕，那他还得察言观色，掌握火候，见好就收。

走着想着，他便到了大伯家里。大伯家里熙熙攘攘，早来了不少给他拜年的人。大家很自觉地排成一队，一个一个走上去给大伯拜年。梁二喜很认真地看了看，头一位是大喜，第二位是毛三，他排在了这支队伍的第10位。

他要挤到大喜前边去，抢先拜了这个年。

大伯看见了他。大伯给他使了一个眼色，做了一个手势，意思是说不能挤，按先来后到的顺序来，该等一会儿就得等一会儿。

结果大喜上去了。大喜恭恭敬敬地施礼说：“大伯，新年好，侄子给您磕头拜年啦，祝福您寿比南山、福如东海……”说着话双膝一屈，就要下跪。

大伯急忙拦住大喜：“不磕头不磕头，在我家里不磕头！你人到了礼节也就到了，这头就算磕过了。大侄子，你吃糖，你抽烟，你喝茶。”

大喜仍然坚持自己的意见：“大伯，让我给您磕个头吧。365天过个年，您老人家很辛苦，很不容易。”

老汉说：“大喜，听大伯的话，不是说你给我磕个头就好，不磕就不好……”

大喜笑了：“大伯，我是您的亲侄子，我要非给您磕呢？”

老汉也笑了：“小子，今天过年，大家都喜庆，你能让我生气吗？”

结果大喜的头没有磕成。

结果毛三的头也没有磕成。

因为老汉阻拦，前边9个人的头都没有磕成。

梁二喜来到了老汉跟前，轮到他给大伯磕头了。

梁二喜想：大喜是我的亲哥，论年龄比我大了8岁，大伯不让他磕头，更不会让我磕头；大伯在村里德高望重，很有威信，我一定做出这头非磕不可、不磕就决不罢休的样子，让大家受到教育，让大伯受到感动。

梁二喜想：我不能和大喜相比，大喜就是一位普普通通的村民。

他满面笑容地走到老人跟前：“大伯，您好，侄子给您叩头拜年……”老汉用手一挡：“二喜，等等。”

他说：“孝敬老人，天经地义，不能等，不能等！”

老汉把沙发上的垫子铺到地上：“二喜，你跪吧，你磕吧，你放心大胆地磕头吧，脏不了衣裳。”

他突然打了一个愣怔，一时呆在那里。

他脑子里一片空白。他竟然忘了该怎么给大伯磕头。

从大伯家里出来，梁二喜闷闷不乐。他问大喜：“哥，你说大伯这人奇怪不，他为什么不让你磕头，不让大家给他磕头，而偏偏让我磕头？”

大喜说：“兄弟，这事我已经想过了，你的身份和我们不一样，所以大伯……”

他抢过话来：“哥，你是说我年前当上了咱们沟里村的村主任？”

大喜点了点头。

玩　笑

村主任交给葫芦老汉一项差使，让他专门清扫街面上的烟头儿。

烟头儿不是烟脑袋，而是烟屁股。

村主任说："葫芦大叔，咱们沟里村搞文明建设，美化生活环境，可是有些人很不自觉，把烟屁股扔得到处都是，街面上星星点点、疙疙瘩瘩，像长了疮一样。"

葫芦说："主任，你不是也抽烟吗？"

主任说："我抽烟是抽烟，可是我要求自己很严格，我家里有烟灰缸。"

葫芦问："你走路也带着烟灰缸？你在大街上聊天也带着烟灰缸？"

主任笑了："大叔，您是打破砂锅璺（问）到底呀。我就喜欢上您这个认真细心劲儿了，才把这个很艰巨的任务交给您。老人家，不要小看这份工作：这是信任，这是荣誉。"

葫芦问："你给我工钱吗？"

主任说："给给给，怎么能不给工钱呢？村委会每个月补助您 1000 块钱生活费，您看可以不可以？"

老汉很满足："不少不少，可以可以！"

这是秋天，头顶上白云蓝天，田野里稻谷飘香。葫芦老汉满意村主任给出的待遇，抬腿要到地里收秋时，村主任不紧不慢地点了一根烟，然后把他拉住了。

主任说："老人家，光要待遇可不行，您还没承担责任呢。假使哪一天，假使哪一天的哪一刻，我在咱沟里村的街面上捡到一根烟头儿，我该怎么处罚您？"

他想也没想，一抬手伸出了一根手指头。

主任问："罚您 1 块钱？"

他摇了摇头。

主任问："罚您 10 块钱？"

他摇了摇头。

主任问："罚您 100 块钱？"

他非常郑重地点了点头："罚就罚出个样子来，罚就罚出个痛痒来！主任，你每在咱们村的街面上捡到一根烟头儿，你就罚我 100 块钱；可是你要带头，你不能乱扔烟头。"

他把主任刚刚扔掉的烟屁股捡起来，特地拿给主任看；烟屁股还欢天喜地冒着烟，好烫他的手指头。

主任拍拍他的肩头说："今天不算，咱们从明天开始。"

第二天早晨葫芦正式上任。他的胳膊戴上了村主任发给他的写有“沟里村环卫工”的红袖标。他首先来到了十字街。十字街是全村乡亲谈天说地、讲古论今的聚散地，他只要打扫清了这里的烟屁股，他每天的任务就算完成了十之八九。

他弯腰躬背，缓步前行，寻寻觅觅，像在寻找一根被他丢失的针。

有位叫二好的小伙子跑过来问他：“姑父，您这是干啥呢？您丢了什么很值钱的东西吗？”

老汉骄傲地举起胳膊，让二好看他的袖标，并不搭话。

二好笑了：“哎哟，姑父，您当官啦？”

老汉说：“二好，当官我先管住你，以后不要再乱扔烟屁股啦。”

二好看了看老汉提着的塑料袋子，愤愤不平地说：“姑父呀姑父，您就这么给他们捡烟头儿吗？他们不发给您手套？他们不发给您口罩？他们不发给您工作服？他们不发给您高腰胶鞋？他们不发您雨伞？您这么大年纪……”

老汉打断二好的话：“二好，你别老是他们他们，我这是给咱们村里干活，我这是给自己干活；再一说，我也挣着钱哪。我今年 58 岁，岁数不大。”

太阳出山以后，老汉回到了家里。他把他放在塑料袋子里的烟屁股全部倒了出来，数了两遍，都是 118 颗。他记得他从十字街那儿捡了 88 颗。他把这些烟屁股看了又看，瞅了又瞅。它们有粗有细，有长有短，模样大不一样，内容非常丰富。其中烟屁股长的，吸烟人可能大方一些，豪爽一些，手头宽余一些；烟屁股短的，吸烟人可能认真一些，节俭一些，手头紧张一些。

老汉恍然明白，原来这捡烟头也是一项很有趣、很有学问的工作。

就从这天起，沟里村的街面上干净了，亮堂了，舒展了。乡政府搞了环境卫生大检查，他们闹了个第一，村主任高兴得又蹦又跳。一个月以后葫芦朝村主任要工钱，村主任说："大叔，对不起，今天不方便，明天再把工钱给您吧；明天肯定给，我说话算话。"

第二天，在十字街那儿，村主任给了葫芦老汉 800 块钱。

老汉说："主任，不对账呀，咱讲好一个月 1000 块钱，这不是 800 块吗？"

主任很严肃地从衣兜里掏出两根烟头儿来："老人家，咱们当初有言在先啊，我在沟里村的街面上每拾到一根烟头儿，就要扣掉您 100 块钱。现在我拾到了两根，您说扣您多少钱？"

老汉把那两根烟头儿拿过来，左瞅右看，端详，又拿到鼻子底下闻了闻，又剥开一根看了看，感到很陌生。他说："主任，这两根烟头烟丝金黄，味道香醇，包装讲究，这是高档烟，咱沟里村的老百姓抽不起，你从哪儿捡的？"

主任说："叔啊，反正我是捡着啦。"

他说："主任，那不行，你要是从乡里县里捡来的，也扣我的工钱吗？”

正好二好来了。二好掏出一大把烟头儿，问村主任要不要。村主任瞪了他一眼，意思是边儿里去、边儿里去；可是二好不听话，二好凑上来说：“主任，你昨天特地打发我去乡政府的大院里捡了两根烟头，今天咋不要了？你放心，这全是乡政府的烟屁股。”

葫芦老汉想啊想啊，怎么也想不明白，村主任为什么要来这一手？他问过好几次，主任都说是玩笑、玩笑，侄子和叔叔开个玩笑嘛。

缘　分

何乡长到龙湾乡上任第三天，便骑了一辆自行车到乡下搞调查访问，了解此地的风土人情。何乡长原是县政府办公室副主任，因年轻能干、积极进取，被一举提拔为乡长，来到山清水秀的龙湾乡上任。

乡政府本来有一辆轿车，可是何乡长偏偏不坐。何乡长知道乡下百姓的脾气，他们对坐轿车的干部非常不感兴趣，何乡长想让自己朴素些朴实些，更容易接近乡亲更平民化一些。何乡长想：我今天下乡也不一定非要到哪个哪个村，我就骑了自行车信马由缰地走，碰上谁就和谁叙叙，碰上谁就和谁谈谈，我也不暴露自己的身份，这样访谈的结果可能更真实更生动更鲜活一些。

32 岁的何乡长对自己的前途充满了希望和信心。

农历五月，山花烂漫，杨柳青翠，田野里大片大片的小麦铺出耀眼的金黄，和风中摇出扑鼻的芳香。何乡长骑了车子沿着那一条柏油公路往南走，头顶上是灿烂的阳光，心里面也是灿烂的阳光。也不知道走了几里路，也不知道走到了哪个村的地界，正走得前不着村后不着店的时候，何乡长脸上笑了：原来大路下边的沙土地里有一个戴了草帽的老乡正在给花生浇水，渠水如练，缓缓流淌，活路不是太忙，正好可以和他聊天叙谈。

何乡长把车子在路边停好，下了那道斜坡，来到了老乡跟前。

老乡是位老汉，60多岁年纪，个头不高，形象也很一般：那眉毛有些发秃，那眼睛有些浑浊，那额头有些窄小，那鼻梁有些塌陷。何乡长站在田埂上的树阴里，掏出一根香烟笑道："大伯，对不起，我忘记带火了，借您的火用用好吗？"其实何乡长兜里装着打火机，他之所以这样说，一来是为了找个接近的因由；二来是为了看看老汉待人接物的态度，比如非常热情还是非常冷淡。

老汉抬头看了看天上的太阳，大概以为自己也该歇一歇了，就挡好畦口走了过来，那态度既显不出多么热情，又显不出多么冷淡。

在那片浓密的树阴里，何乡长点了烟，如愿以偿地和老汉攀谈起来。

他们谈天时，谈地利，谈风俗，谈人情，谈土地，谈庄稼。总是何乡长问什么，老汉回答什么，谈话的形式很呆板。何乡长很想让老汉问他几句，比如问问他是从哪里来的，他在哪里上班，可那老汉只顾用手去抠脚上的泥巴，抠完了泥巴又兢兢业业地把一泡热尿撒进花生地里当肥用，一种"30亩地一头牛，老婆孩子热炕头"的精神状态。后来那老汉就有些迷糊，就忽忽悠悠打起盹来，何乡长大失所望，随即见好就收地说：“大伯，您再坚持一下，我再问您最后3个问题可以吗？”

老汉抹掉从嘴角处淌下来的一丝口水说：“想问你就问，我听着。”

何乡长说：“大伯，您知道咱们县的县长是谁？”

老汉摇了摇头：“不知道。”

何乡长说：“大伯，您知道咱们龙湾乡的乡长是谁？不管前一任还是这一任？”

老汉又摇了摇头：“不知道。”

何乡长说：“老人家，您做错了啊，您怎么能够不知道县长、不知道乡长……”

老汉说：“你才做错了呢。我奉公守法、交粮纳税、勤劳致富，又不指望他们提拔我抬举我。我又不走他们的后门儿，我为什么非得知道他们是谁？”

何乡长说：“大伯，那么您看我是一个放牛的还是一个放羊的？”

老汉说：“这个我知道。根据你刚才提出来的3个问题，你是个国家干部，是个官。越是当官的才越说自己是老百姓哪。”

何乡长笑了。为了不再耽误人家干活，何乡长便和老汉握手，准备告别。老汉蔫蔫地说：“同志，你再坚持一下，我问你3个问题可以吗？”

何乡长精神为之一振，忙说：“好啊，好啊。大伯您问，您问！”

老汉说：“你知道今天是什么节日吗？”

何乡长想了想，说：“老人家，‘五一’节、‘六一’节都过了，‘七一’节还不到，今天不是什么节日，您别蒙我。”

老汉说：“今天是芒种节，我蒙你干什么？”

何乡长说：“大伯，芒种节又不放假又不搞庆祝活动，算个节日吗？”

老汉说：“咋不算？农谚讲‘芒种三天见麦茬’，过了芒种就该麦收了，看起来你不懂农时农事。”

何乡长沉吟良久，问道：“大伯，您的第二个问题呢？”

老汉说：“同志，你手里的那根烟是怎么点着的？你说你没有带着抽烟的火，可我刚才解手回来时，你把一根烟点着了，看起来你不诚实。”

何乡长的脸红了，在老汉面前他成骗子了。

老汉把戴在头上的草帽摘下来，拿在手里一边煽风一边说：“同志，你知道我叫什么名字吗？”

何乡长说：“大伯，对不起，咱是第一次见面……”

老汉说：“我叫杨老万，这草帽上不是清清楚楚地写着我的名字吗？看起来你不会观察问题。”

返回乡政府之后，何乡长就向乡党委书记老马汇报了他下乡搞调查访问的情况，感叹自己今天的教训多么深刻。老马说：“何乡长，缘分啊，这杨老万不是别人，他是咱们县杨光副县长的爹呀。”

何乡长浑身一抖，脑子立刻变成一片空白。他明明知道杨光县长的家就在这个乡杨家峪村，他也准备抽出多半天时间前去杨家峪拜访杨县长的老人，可是……这就叫作缘分吗？

淘　汰

沟里村的村长姓白，小名叫作黑旦，大名叫作白黑旦。

白黑旦是个文盲，一个大字不识。

别人不识字还好说，村长不识字怎么行呢？村长是村里的最高领导，既要负责传达上级的会议精神，引进新技术，学习新经验；又要负责管理本村的生产、生活。一个睁眼瞎子，能有多么大的本事，能有多么高的水平？

周乡长找到白村长，让他赶紧参加村里的民校。民校是政府为了扫除文盲而建立的临时性的学校，是把那些种地的乡亲组织起来，晚上到小学校学习文化；教课的老师就是小学校的老师，所用的桌椅就是小学校的桌椅。

村长对民校不感兴趣，怕熬夜，怕耽误睡觉。村长不以为然地说："球，我白天晚上忙得连轴转，饭都顾不上吃，哪有工夫上民校？"

一看这种态度，周乡长就不客气了，就使劲儿敲打他："白黑旦，我是乡长，我是你领导，你球什么？”

白村长知道自己错了，马上把手里端着的旱烟袋递给周乡长：“大哥，我又不是球你，我是说我不上民校，这个村长不是当得也不错吗？你看斗地主分田地，修水渠搞生产，讲团结讲互助，交公粮出公差，沟里村哪一样也没有落后，你可没少夸奖我。”

周乡长很严肃：“白黑旦，你就这点出息？这你就满足了，不求上进了？”

白村长郑重其事地说：“我本事不小啊，我媳妇还给我生了一个俊眉俊眼的儿子，那娃早会叫爹了——就是还没有名字！”

周乡长把烟袋扔给白村长，起身就走；白村长一把抓住周乡长，高低不放。乡长说：“干啥干啥，打劫人啊？”村长说：“不干啥，你是有文化的人，请你给我儿子起个名字。”乡长说：“瞅瞅你那沾沾自喜、胸无大志的样子，还让我给你儿子起名字，你一边待着去！”又说：“白黑旦，你就是‘30亩地一头牛、老婆孩子热炕头’的典型，你该注意了，你该警惕了！”

乡长推开村长走了。众目睽睽之下，村长觉得自己很没面子。村长立在那里想：球，我大小也是一位村干部，成天出头露脸台上台下的，乡长今天这样抢白我，鼻子不是鼻子脸不是脸，好像我是他儿子。

没想到周乡长走着走着停住了。

没想到周乡长又顺着原路返回来了。周乡长问：“黑旦，你今年多大岁数？”

白村长断定乡长走得后悔了，回来给他赔不是来了，就回答说28岁。

乡长笑了。乡长拉住村长的手说：“黑旦，你这样年轻又这样固执，你儿子就叫‘淘汰’吧，‘淘汰’这名字很有意义。”

村长乐了：“行，淘汰这名字比我白黑旦的名字好听得多，响亮得多！白黑旦，到底是白是黑呀？到底是明是暗呀？到底是方是圆呀？乡长，‘淘汰’俩字当怎么讲，是喜庆有余还是大富大贵？”

乡长拍了拍村长的肩膀：“这个问题你去问民校的陈老师，他会告诉你。”

当天晚上村长便到了民校，想问问陈老师“淘汰”二字是什么意思。陈老师正在教大家认字、写字，看见村长来了，就带头鼓掌，就很高兴很热情地说：“欢迎村长参加民校，请村长在前排就座，我们继续上课。”

在一片热烈的掌声里，村长坐了下来。村长是个很要脸面的人，这一坐就坐得很端正，学得很认真，给别人做出了榜样。

这一课，村长学会了10个字：人，男人，女人；手，左手，右手。村长觉得这10个字挺亲切挺实用，就一遍一遍地念，一遍一遍地写，还没有来得及打瞌睡就下课了。下了课村长很激动，光想着回去给媳妇讲讲“人，男人，女人”，到家以后才知道把大事忘了，忘了问陈老师“淘汰”二字当什么讲了。

第二天晚上村长又到了民校，又学会了10个字：努力学文化，建设新中国。下课以后村长问“淘汰”二字怎么讲，陈老师说打个比方吧，淘汰就是沙里淘金，把金子留下，把沙子淘掉。简而言之，淘汰就是把不合乎条件的、不能用的拿掉。

村长点了点头：“陈老师，那用‘淘汰’做名字好吗？比如我姓白，我儿子叫‘白淘汰’好吗？”

陈老师笑了：“白村长，哪有用淘汰做名字的呀？跟不上社会发展的人才被淘汰呢。你儿子来日方长，鹏程万里。叫不得，叫不得。”

这天晚上村长彻夜未眠，翻来覆去地琢磨周乡长的用意：他为什么把儿子的名字叫作淘汰，而不作别的。

村长恍然大悟。

半个月以后白村长见到了周乡长。白村长抱住周乡长说：“大哥，你别为我操心啦，那两件事情都按你的意见办，你放心吧。”

周乡长说：“老黑旦，你把话说清楚：哪两件事情啊？”

村长说：“头一件，我已经是沟里村民校的学生了；第二件，我儿子的名字就叫淘汰，常想着淘汰，我才不会被淘汰——我想明白啦。”

周乡长说：“明白了就好，你不球我啦？”

那是1949年秋天，山上的枫叶红了，红得像一团团烈火，红得像一面面旗帜。

两个人都叫高上

高庄乡的乡政府就驻扎在高庄村。高庄村村子大，姓高的户数多，大家又都拣好听的、有意义、有讲究的名字叫，便有两个人的名字叫重了，叫成一样的了，他叫“高上”他也叫“高上”：村南的高上 58 岁，个头小，身腰瘦，腿还不得劲儿，走起路来有点儿拐，是位早起晚睡春种秋收的庄稼汉；村北的高上 32 岁，个头魁梧，眉眼清秀，走起路来挺胸昂首、勇往直前，是一位国家干部，在高庄乡政府担任副乡长，可谓前程似锦。

一个村有了俩高上，事情就有些麻烦了：比如有人到村里来找高上办事，你就得问问他是找哪个高上，是找老高上还是找小高上，是找村南的高上还是找村北的高上；比如有了什么邮件有了什么汇款单，上面写的是高上同志收，你就得仔细分辨认真核对一下，它到底是老高上的东西还是小高上的东西。有人建议老高上把名字改一改，说为什么非叫高上呀，叫高上就高尚了吗？老高上就非常坚定非常干脆地说：“那不行那真不行那绝对不行，我的名字是我爷爷给起的，我叫这个名字已经50多年了。我不能改，我坚决不改！”又说：“凡事都该有个先来后到，要改也是他改，副乡长就不能改名字了吗？”于是有人去找小高副乡长，请他把名字改一改，为的是以后办事干净利落、明白无误。高副乡长说：“大路朝天，各走一边。他那个高上已年近花甲，夕阳西下；我这个高上血气方刚，如日中天。他在家种地，我在乡政府上班。两个人差别很大嘛，怎么会混淆不清？谢谢你们，别再为我操心啦。我很喜欢这个名字，我就叫高上：‘上’是上进的上，‘上’是上级的上，‘上’是天天向上的上。”

既然谁都不愿意改，也只得这么叫着。

叫着是叫着，可是高副乡长的心里有些七上八下、不大安宁：比如说那一位高上老汉一时糊涂办了错事，会不会影响自己的声誉？比如说那个老汉脾性很直爽，说话从不看书本，他要把话说错了，会不会记到我的账上来，给自己造成什么损失？他这么一想就觉得问题有些严重，自己应该高度警惕。那一天高上副乡长从乡政府回来，正好在村南的麦田里看见了高上老汉。这是春天，那老汉正撅着屁股在麦田里锄草，浑身是土，满脸汗水。

高副乡长犹豫片刻，拢了拢头发，踏着田埂，笑嘻嘻地向老汉走了过来。

他喊：“二爷，您好！”

老汉没有听见，还是撅着屁股在麦田里锄草。

他大声吆喝：“二爷，您好！”

老汉一愣，抬起头来笑了：“哟，高上啊？高乡长！”

他走过去拍了拍老汉的肩头：“二爷，您可不能叫我高乡长。我是您的孙子，您是我的爷爷呀！再一说，我才是一位副乡长……”说着话他递给老汉一根香烟，自己也蹲在了麦田里。这工夫正好夕阳西下，落霞如锦。万紫千红中村子里炊烟袅袅，杨柳依依；鸡啼狗吠中，一片生动活泼，一片祥和安宁。

高副乡长开门见山：“二爷，乡亲们找过您了吗，为咱们两个名字的事？”说着话给老汉把烟点着，自己也叼上一支。

老汉说：“找过了找过了，我没有答应他们。我是日落西山的人啦,还改什么名字！要改你改吧,你年轻有为,鹏程万里……”

高副乡长说：“老人家，我有我的苦衷呀。我和您不一样，我是国家公务员，名字刚刚叫响，县长、县委书记都知道我叫高上，见了面都和我握手，我能不识抬举，改掉自己的名字吗？”

抽了一口烟，老汉叫了高副乡长的小名说：“三旦儿，这我就想不明白了，你的名字起出来，就是给县长、县委书记叫的吗？”

他急忙摆了摆手：“不是不是可不是，您老人家千千万万别误会！二爷，咱们村里有饭馆儿，我想今天晚上请您喝杯酒。别人谁也不找谁也不叫，干干净净清清白白就是咱们俩。爷爷和孙子同桌，算我孝敬您了。”

老汉拱了拱手：“谢谢，谢谢。三旦儿，酒我是想喝，可是你知道，我家里还有一个老太太哩。”

他说："好，那就把我奶奶也叫上，她才能吃多少。"

老汉严肃了："高乡长，那不就有了第三者了吗？我不去，我不能去。"

太阳已经落山，那老汉拿起锄头回家去了，脚步不紧不慢，身影一摇一晃；高副乡长孤零零地立在那里，百思不得其解：这拐老汉不冷不热、不卑不亢，到底想做什么？

说话到了麦收时节，村里人都忙着麦收；说话过了麦收时节，村里人都比较闲了。那一天高上老汉偶然到了乡政府，突然看见办公室的墙面上挂了一面锦旗。那旗帜很鲜艳，很大方，很壮观，上面写道：高上同志真高尚，舍己救人敢当先。看了落款以后他有些疑惑了：我的天，这事也能冒名顶替吗？事情本来是他做的。那天他去走亲戚，半路上从水库里救出一个七八岁的孩子。他告诉孩子的家长他叫高上，高庄村人。这锦旗怎么会挂在乡政府的办公室里？

他找见了高上。他问他："高乡长，这面旗怎么，怎么怎么……"

高副乡长笑了："二爷，我是您的孙子，您叫我高上！"

他说："高上，那这面锦旗怎么会……"

高副乡长很认真很严肃地说："老人家，既然您看见了，我就把实话告诉您：这面锦旗是麦收时节送过来的。麦收嘛，您忙得了不得，我们也忙得了不得，大家都忙得了不得，所以没有及时把它转交给您。"

他仰天感叹：“哎呀，高乡长，他们怎么把锦旗送到了这里？”

高副乡长拉住老汉的手，照样感叹：“爷爷呀，咱们两个人都叫高上，他们粗心大意，闹混了呗。”又说：“庄稼人办事，来也匆匆，去也匆匆，可以理解，可以理解。”

走样儿

那条省道开通之前，县政府给了石牛镇一个指标，让他们在全镇范围内选拔一位护路人员，5 天以后到交通局报到，接受培训，安置工作。条件是 20 岁到 25 岁的男性公民，高中以上文化程度，身体健康，作风正派，能够吃苦耐劳，热爱护路工作。镇政府在研究这件事情时，马镇长非常严肃地发表了一席讲话。马镇长说："同志们，我们镇政府管辖着 12 个村委会，管辖着两万多口人，指标只有一个！我们很为难，我们让谁去不让谁去？一个很明显的事实是，这个指标给了哪个村哪个村高兴，不给哪个村哪个村会有意见。高兴的只有一个，不高兴的却有 11 个。为了一个高兴而惹得另外 11 个不高兴，为了个别人高兴而惹得大家不高兴，如果我这样做了，我这个镇长就是没头脑，就是傻小子！"马镇长说："不就是要个养路工吗，能干活就行了，还什么什么文化，什么什么岁数，什么什么作风正派，什么什么热爱这个热爱那个，把很简单的事情搞得很复杂！我的意见是镇政府不拿意见，干脆让那 12 个村委会主任到我们这里抓阄儿。谁抓着谁算，抓不着怨他手臭，他只能自认倒霉，他敢抱怨我们镇政府的哪一个？”马镇长说：“我再补充一句话，不管张三李四白毛淘气是谁抓着这个阄儿，他必须到镇上的醉仙楼请我们喝几盅，我们白替他们张罗啊？”

马镇长的讲话引来一片经久不息的掌声，有人大声呼喊好，就这么着。

结果西河村的村委会主任秦二猛抓到了这个画了一个小人儿修路的纸团团。

结果秦二猛在醉仙楼设了宴席，答谢马镇长和镇政府的同志们。

可是秦二猛并不高兴。他很俏皮地说：“马镇长，我去当这个养路员行不行？”

马镇长盯住他的脸问：“你什么意思？把话说清。”

秦二猛说：“你这是给我出了一道难题呀！咱们镇 12 个村委会，最数我们西河村村庄小，人口少。我们村有文化的年轻人都在城市里打工，遥远得电话上喊也不答应；家里守着的都是老弱病残孤儿寡母，哪儿还有人家要求的那样的人？”

马镇长微微一笑，拍拍秦二猛的肩头说：“你小子是一块木头呀还是一块石头呀，怎么那么保守那么僵硬？他又不是叫你去当大学教授，他又不是让你去搞人造卫星，就是出个养路员嘛，条件差一点点……怎么能说你们村没人？”

秦二猛说："马镇长，是？"

马镇长说："你说是不是？"

秦二猛从镇上回到西河村以后，马上召开各村民小组长联席会议。他在会上说："父老乡亲们，爷爷奶奶们，大伯叔叔们，婶子姑姑们，哥哥嫂子们，上级看得起我们西河村，特地给了我们村一个指标，要我们选拔一位养路人员，5天以后去县里培训。人家要求的条件是：第一，是个男人；第二，是个20岁到40岁的男人；第三，是个不跑小道子、不拈花惹草、忠诚老实、勤谨干活的男人；第四，是个认字的男人；第五，是个硬硬邦邦、腿脚没有毛病的男人。"秦二猛说："为了公正公平，大家抓阄儿。哪个组长抓着，哪个组里出人。当然他不能白抓着，这么好的事情，他得请我到饭馆里吃两顿。"

大家都笑了，老茂大伯喊道："请你吃一顿就行啦，你还要吃两顿。"

秦二猛说："一顿可不行！这个指标是我从镇上抓阄儿抓来的，我早请了人家一顿，怎么我也得赚一顿。"

不偏不倚，老茂大伯抓到了这个画着一个小人儿修路的阄儿。

老茂把那个阄儿拿在手里把玩半天，又把它退给了秦二猛。老茂说："猛子，对不起，我们这个村民小组没有合乎条件的人，抓着了也是白抓。"

秦二猛又把那个纸团团放到了老茂的手里。秦二猛悄悄地说："大伯，你别比着葫芦画瓢了，我说的那些条件都是高标准、严要求，反正他们也是要个养路的，差一点点……明白了吧？"

老茂说："是？"

秦二猛学着马镇长的话回答："你说是不是？"

老茂大伯明白了。老茂在第二天中午召开了本小组全体村民会。老茂也让大家抓阄儿，谁抓着谁就去当养路员。老茂特别强调说："这个指标是二猛抓阄儿抓到咱们西河村、我又抓到我们这个村民小组的，不管你们谁抓着，你们都要有个意思、有个良心。"

老茂说声开抓，有人就抓到了那个画着一个小人儿修路的阄儿。

老茂给秦二猛汇报了结果。

秦二猛拨通了马镇长的电话，给马镇长汇报结果。他说他认真贯彻执行马镇长的重要指示,一丝不苟地组织大家学习讨论，公正公平公开地进行选拔工作，选拔结果是……

马镇长正在酒席桌上喝酒，态度很不耐烦。马镇长说："秦二猛，你少啰嗦，这个养路员叫什么名字？"

秦二猛回答："高胜男。"

马镇长说："好，听这名字就挺响亮，一定是个高大魁梧的男子汉！什么文化程度？"

秦二猛回答："认识自己的名字。"

马镇长说："好，给他报个高中毕业。"

马镇长说了两声好，就把电话挂了，秦二猛心里却很不踏实，也不知道老茂大伯是怎么“差一点点”的：这个高胜男是位女性，而且已经66岁；论起辈分来，他还叫她奶奶。

| 第三辑 |

乡思乡恋

XIANG SI XIANG LIAN

借　伞

这是一个不算遥远的故事。

1952年夏天，我考上了我们县唯一的一所中学——阜平县初级中学，并在学校住宿。那年冬天的一个星期六，我从学校回家背干粮；等星期日下午再返回学校时，正赶上一场罕见的大雪倾天而降，北风刮得地动山摇，雪片飞得如席如絮，村野里一片混沌迷茫，连鸟雀都看不见一只。

爹劝我今天别走了，爹说村里离县城20多里地，又要翻山过岭，走那些沟沟岔岔，你一个13岁的孩子，摔着了咋整？我说我得走，学校晚上还有自习课呢！

爹便和哥哥商量如何走的办法。他们商量来商量去，觉得首先要有一把油布伞，让我把伞撑起来，遮挡漫天的风雪；不然的话，走不了几里路，我就会变成一个雪人。

可是我们家里没有这种又结实又个大的油布伞，别说油布伞，纸伞我们也没有。我们家里只有几顶破草帽。

到谁家家里去借这把油布伞呢？爹对哥哥说："我想起来了，咱们村顾东有一把油布伞，今年夏天才买的。他那伞我见过，那真是一把好伞。"

哥哥摇摇头说："爹，他的东西好借吗？你还不知道他那个人？他家晚上吃饭、睡觉都舍不得点灯，夏天走路都舍不得穿鞋……要不你去借？"

爹说："我也知道他的东西不好借，你去试试吧，你管他多叫叔叔，你给他多说好话……我这么大年纪了，我就别去啦；你和你兄弟一块去，去两个人好说话。"

哥哥犹豫半天，说："去就去吧。"

我跟在哥哥的身后，一步步向顾东家里走去。村街上风也潇潇，雪也潇潇，风和雪搅和在一起，发出尖厉的呼号。由于我年岁太小，我对顾东并不了解，在我所有的印象当中只记得他和我说过三句话，而且这三句话说得很难听很别扭，说得我有点怕他。

那是在我刚刚接到阜平中学的录取通知书的时候，我在街上碰见了顾东。

他伸手拦住了我："别走，你今天得给我说个明明白白，怎么你考到城里啦？真是奇怪。"

我也不知道自己是怎么考到城里的，我也不知道他为什么感到奇怪，我只在那里站着，低了头用脚去踢街面上的石子儿。

他说："咱们村十多个高小毕业生，怎么就你自己考上了？

我丫头都没考上，我白给她买了那把伞，白给她花了钱费了心思。”

我仍然没法回答他的问话，仍然默默地站在那里。

他说：“你走吧，我见了你就生气，以后别再让我碰见你！”

我正要撒腿跑开的时候，爹来了。爹说：“顾东，你冲我们发什么脾气？你丫头考不上怨你丫头脑瓜笨，和我们有什么关系？我们又不用你的伞，你别给我们显摆。”

我很担心爹和顾东吵起来，但是顾东看了看爹，低着头蔫蔫儿地走了。

爹又冲顾东的背影说道：“你丫头考不上，就拿我儿子出气。你也是40多岁的人啦，咋就不知道个好歹，以后别再让我碰见你。”

顾东扭过头来看了看，终于没有言声。

想到这里时，我恍然明白爹今天为什么不敢来借人家的伞了。

想到这里时，我知道今天的伞是借不来了。

走进顾东家里的时候，那老汉正蹲在炕上叼着烟锅吸烟，他的面前放着一个火盆，火盆里生着一盆木炭火。见我们来了，他赶紧让我们往炕上坐，还把他叼着的旱烟锅递给哥哥，让哥哥尝尝他的旱烟好吸不好吸。

哥哥一副受宠若惊的样子，忙笑着说好吸好吸，大叔的旱烟真好吸。

老汉说："这种天气，你们弟兄俩怎么到我家里来了？是不是有事？"

哥哥说："没事没事，我们是想来看看大叔，是来串门，是想让大叔给我们讲个故事。"

老汉笑了："我哪有故事？我的故事不是傻小子拜年就是傻小子赶集，你们弟兄听不得。"他伸出手来拉住我的胳膊说："二小，你不是在城里读书吗，怎么跑来听我的故事？"

哥哥说："大叔，他是回家来拿东西，本来吵着要走，可是你看这种天气！我爹怕雪淋湿了他的衣服……他还是个孩子。"

我突然发现了老汉家里那把油布伞。那把伞就挂在我对面的墙上。那伞呈橘黄色，有一个光滑的弯弯的木把。我的眼睛直直地盯着它，希望它能够撑起一片温暖的天地，把我送到城里。

哥哥拍了拍我的肩膀："兄弟，你老看大叔那把伞干什么？那是一把新油布伞，又结实又厚实，打上它就不怕刮风下雨的天气。"

我立刻把眼光收了回来，拉住哥哥的手要往外走。

老汉又问："二小，你今天不去城里，不耽误你的功课吗？"

哥哥说："耽误呀，说是晚上还有自习课，要不就吵着走哩。"

老汉说："二小喜欢学习，这是好事；他可不像我三丫头，一说看书就头疼，就不耐烦……真让人生气！二小，你认了我，咱们做门亲戚行不行？"

我说不，不；哥哥也说不，不；他说不就拉倒，算咱们没说。

我们从顾东家里走出来时，雪还在纷纷扬扬地下，风却刮得小多了。我问哥哥借伞不说借伞，为什么要说去听故事；哥哥说该说的他都说了，该做的他都做了，既然人家没有表示，那就是不愿意把伞借给咱们；哥哥又说他不借拉倒，反正咱不认他！

哥哥的心情很沉重，我的心情也很沉重。我们又找了几户有伞的人家，人家的伞不是正用着，就是早已经借了出去。哥哥很失望地对我说道："兄弟，你今天别走啦，走不成啦。"

回到家里时，我们的桌子上放着一把伞，我一眼就认出来了，那是顾东老汉那把伞。

哥哥很惊讶地问："爹，顾东大叔来过了？他给咱送伞来了？他没说什么？"

爹说："顾东刚走，他说千万别耽误你兄弟的学习，你兄弟有材料！他说他夏天时把话说错了,他不是见了你兄弟就生气，而是见了你兄弟就想起他那个不爱读书的三丫头，想起他的三丫头他就生气，别的什么也没说。"

那天下午，擎着那把油漆味很浓的伞，踩着深深的积雪，哥哥把我送到了学校。

那年放寒假的一天，我们家里正好杀猪，爹见我回来了，就让我去请顾东大叔，请他来我们家喝酒、吃饭。

大姐夫，二姐夫

大姐夫是位小学教师，二姐夫是村里的一位木匠，那年正月初三，他们都来给爹拜年。大姐夫一只手甩拉甩拉地甩拉着，一只手提着一盒点心，样子很悠闲；二姐夫肩上扛着做活的锛子，锛子上还挂了一把锯子，用一只手扶着，另一只手提了四把挂面，样子很忙碌。那是20世纪50年代初期，他们能带点心和挂面这样的好东西来，对爹已经是尽了很大的孝心了。

那一年我正在上高小，再有一年就该考初中了。

二姐夫到了我家，冲爹笑了笑，放下东西，就开始给我们担水、扫院子；大姐夫到了我家，把那盒点心恭恭敬敬地递给爹，然后坐在凳子上抽烟喝水，然后就拉住我的手，问我学习成绩如何、算术如何、语文如何、老师教课如何。

我是个不善言辞的孩子，就稀里糊涂地做了回答。

大姐夫很不满意。大姐夫问我：“兄弟，你说1+1等于几？”我说等于2。

大姐夫又问："那么 2+2 呢？"

我嫌大姐夫问得麻烦。我说："姐夫，我明年就该考初中了，还不知道 2+2 等于几吗？"

当着爹的面，大姐夫突然严肃起来。大姐夫敲着桌子批评我："兄弟，谦虚使人进步，骄傲使人落后。我最怕你骄傲，你果然就骄傲起来了！好吧，那么你告诉我，1 加负 1 等于几？"

我答不上来，因为我还不知道负数为何物。

大姐夫说："兄弟，你答呀，你答呀！我是老师，我要求你必须回答我的问题。"

这时候，二姐夫进屋来了。二姐夫说："姐夫，咱们是来拜年的，不是来教课的，大过年的，你别难为咱兄弟了。他才 11 岁，他知道的东西当然不如你多。"

大姐夫说："我这不是难为他，我是让他懂得这样一个道理：三人行必有吾师，何况我本身就是真正的老师！"

爹插话说："他姐夫，你说的话我都听不懂，别说一个孩子。"

大姐夫这才见好就收，不再追究我什么。

那天晚上，爹让我陪着两位姐夫睡觉。因为天气很冷，大姐夫亲自动手，把他的被褥抢先铺在了炕头上。二姐夫坚持在后炕里睡，我就睡在了他们中间。熄灯之后，大姐夫说："小柴（二姐夫姓柴），我来请教你一个问题：你今天来给咱爹拜年，扛着锛子，带着锯子，一副五马长枪的样子，这是什么意思？怕人家不知道你是木匠吗？你好大的招牌呀，是个木匠又咋的？”

二姐夫说：“我哪是打什么招牌呀？我是怕咱爹家里有什么需要我干的活，就顺手把家什带来了；爹要用不着，我再带回去，我这是预防万一……”

大姐夫说：“那你多费事！你看我，我的家什就是一支钢笔，不管到哪儿，往口袋里一插就行了。这才是大招牌呀，走遍天下咱也是老师。”

二姐夫说：“阎老师（大姐夫姓阎），可是走遍天下，你的钢笔能锯木头吗？”

大姐夫立刻不言声了，因为他家的新房就是二姐夫帮着盖的。屋里很静，听得见外面呼呼的风声，听得见大河里哗哗的流水，还能听见谁家的驴叫狗吠。大自然的声音很好听很和谐，正可以催人入睡，可是大姐夫老是翻身，翻过来又翻过去，后来他就用手捅我，他说：“兄弟，咱俩换换地方吧，炕烧得太热，我怕上火，你到炕头上来睡。”二姐夫说：“姐夫，你别折腾孩子啦，你怕上火他不怕上火？你怕受罪他不怕受罪？”大姐夫说：“小柴，我又不是跟你换地方，你插什么嘴？你们当木匠的不就是会写‘东西南北’几个字吗，也敢挑我们老师的刺儿。”二姐夫说：“我是看不公啊，炕头是你自己抢的，这和识字不识字、老师不老师有什么关系？”接着二姐夫就给大姐夫出了一道题，说是 100 块瓦，100 匹马，大马驮仨，中马驮俩，3 匹小马驮一块瓦，问几匹大马几匹中马几匹小马正好把这 100 块瓦驮清。二姐夫说："阎老师，请你把这个账儿给我们算算吧。"

大姐夫说："你这是报复我，我算这样的题，小菜一盘。"

二姐夫说："那你把答案告诉我呀。"

大姐夫说："你先把灯给我点着。"

二姐夫下炕把灯点着，又给大姐夫拿来了钢笔和白纸。

大姐夫说："还是不行，炕太热，我心里烦躁，不能集中精力。"

我和大姐夫倒换了睡觉的地方，我睡炕头，他睡中间。

大姐夫说："哎呀，糟糕啦，我的钢笔没水啦，算不成啦！"

我说："姐夫，我有铅笔。"

大姐夫说："小学生们才使铅笔哩，老师们都是用钢笔！我嗓子渴了，你们给我倒杯水喝。"

那天晚上大姐夫没有算出这道题来。大姐夫说这道题出得很不科学、很荒谬，一匹大马才驮 3 块瓦，这马太没出息。又说，3 匹小马去驮一块瓦，这瓦怎么驮？这不是让它们打架吗，这是谁出的馊主意？大姐夫断定这道题是二姐夫胡编的，是故意难为他，根本不成立。

第二天吃过早饭之后，大姐夫就匆匆忙忙回家去了，慌得什么似的。爹把二姐夫留下来，说是正好让他给干点木匠活。我问二姐夫："那道题是你胡编的吗？"二姐夫说："不是，那道题是咱爹出的。"我说："咱爹不识字，他能给你出题？"二姐夫说："兄弟，前年我来相亲，咱爹给我出了这道题，我回答上了，咱爹对我很满意！”我说：“姐夫，那是几匹大马几匹中马几匹小马？”二姐夫说：“你能算上来，你好好用用脑子。”

晚上我把那道题算出来了：10 匹大马、24 匹中马、66 匹小马，正好驮 100 块瓦、用 100 匹马。

不知道大姐夫算出来了没有。

爹非要这么着

腊月二十八，我跟着爹去赶年集。我 8 岁，是村里小学校一年级的学生；爹 48 岁，名字叫赵清和，是村里最普通的庄稼人。

爹担着两只筐，筐里装满了白菜，要到集市上去卖；我空着手，尾巴似的跟在爹的身后，紧跑慢跑，还是跟不上爹的脚步。小路弯弯曲曲绕在沙滩上，路面暄暄的，走一步陷下去，走一步陷下去。爹的担子沉，担子吱吱地响，哼着一曲沉重的歌；爹的脚步也沉，深深地陷进沙窝里，也是吱吱地响，也是一曲沉重的歌。走了 5 里路之后，我看见爹的脖子里有了明晃晃的汗水，冒着丝丝缕缕的热气，而我们还必须再走 5 里路，才能到达集市所在地史家寨村，才能卖掉白菜，才能给我买一双新鞋，才能买回过年用的东西，例如鞭炮年画等。

长这么大，我是第一次跟爹赶年集。爹本来不想让我跟他一块去，说我个头小，身体弱，天气冷，冻坏了可不是闹着玩儿的，起码过年过不好；可是爹又高兴我在学校考了第一，语文和算术都得了 100 分，所以想奖励我一下，所以又同意了我和他一块去赶集。我想寒冬腊月，爹的身上既然冒汗了，他一定很累很累。

我跑到爹的前头，立在路边说："爹，咱们歇会儿吧，天气还早呢。"

爹看了一眼已经高高升起的太阳，笑了："小子，你累了？"

我说："爹，你累了，看你脖子里那汗。"

爹用手随意在脖子里抹了一把："小子，不敢再耽误工夫了，咱们还要卖东西，还要买东西。咱接着走吧，爹不累。"

爹又走在了前面。爹挑着的担子咯吱吱，咯吱吱；爹的脚步咯吱吱，咯吱吱。爹告诉我他总共挑着 22 棵白菜，前边筐里 11 棵，后边筐里 11 棵，两筐白菜加起来，大约有 120 斤。我想，也许是因为挑得太多挑得太重了吧，所以爹的担子和脚步都很受委屈，所以一齐诉苦，所以一齐咯吱咯吱乱咯吱。

所以爹就淌汗了。

爹怎么会不累呢，爹除了起早贪黑地在地里种庄稼，还要在家里推碾做饭、缝补浆洗。昨天夜里爹给我补棉袄，油灯如豆，灯光迷离，在一片似有若无的昏黄里怎么也认不上针，爹的眼里就有了泪水。我问爹为什么就啼哭了呢；爹摇了摇头，长长地感叹一声说："小子呀，别问了，你爹没出息、没出息。"

后来我就睡着了。

后来我就听见鸡叫了。

鸡叫了的时候我们家里还亮着灯，爹还在给我补棉袄。

爹怎么会不累呢?

正想着这些事情的时候，爹大声喊道：“小子，好好走，小心脚下的渠沟。”

我低头一看明白了，原来小路又从沙滩上绕到了山根儿里，路面上有道浇地用过的渠沟没有用土填平，需要迈一大步才能跳跃过去。爹担着担子使劲向前一迈，渠沟是跳过去了，可是一颠一颤，从后边那只筐里骨碌碌地滚下一棵白菜来。

白菜正好落到了渠沟里，爹回头看了一眼也没有看见。

我跑上去把那棵白菜抱了起来。

我不想让爹知道他丢了一棵白菜。

怕爹看见，我把那棵白菜用双手托在背后，就像倒背着手走路一样。

而且呢，我还和爹保持了一定距离。

我希望爹再丢一棵白菜，再让我给拾起来。

数九寒冬，滴水成冰，野地里的风像刀子一样削我的脸，削我的耳朵，当然也削我的手。没有那棵白菜，我还可以把手插进兜里，蹦蹦跳跳地走，这样暖和一些；有了这棵白菜，哪只手也不能放进兜里了，托着它就像托了一块冰凌（抱在怀里怕爹看见），简直凉到了心里。我咬着牙往前走，离集市还有 2 里地，还有 1 里地，还有半里地……

爹回过头来问我：“小子，你累了吧?”

我摇了摇头：“爹，我不累，我又没拿着东西。”

爹问：“不累你怎么跟不上我？”

我想到爹要在年集上给我买一双新鞋，急忙回答：“爹，我的鞋破了，不跟脚。”

我是在到达集市以后把那棵白菜交给爹的。爹赶紧用他那双大手捧住我的一双小手，呼呼地给我哈了一阵热气，说：“小子，你看你的手都冻红了，冻僵了。”

爹跺着脚说：“小子，你要是冻出个好歹来，这年咱们怎么过？”

爹又点着我的脑门儿说：“你傻啊，我筐里掉了白菜，你为什么不言声？这棵白菜少说也有十来斤……”

爹的眼睛红了，泪光闪闪的样子。

我说：“爹，你挑的担子太沉了，我想替你分担一点点儿，可是只掉下来一棵，所以我能拿得动。”

那一天我是被爹担回家里来的。爹的一只筐里装了年货，一只筐里坐了我。

我不这么着，怕人笑话；爹非要这么着，说没人笑话。

路上有人问爹：“赵清和，你这是唱得哪一出啊？八九岁的孩子，不会自己走吗，你还担着他？”

爹回答：“大叔，哪个孩子不是在爹娘的怀抱里长大的？这孩子从小没了娘，我愿意担着他——担着他我心里舒服。”

按公历说，那是1950年春节前的事情，我记得非常清楚。

认干爹

我认干爹的事情和别人不一样，我是在那老汉去世以后才认他干爹的。

1952年夏天，我从我们乡的高级小学（简称高小）毕业后，以总分第一名的成绩，考上了我们县的初级中学。我才12岁，个头又小，长得又很瘦弱，还是个没娘的孩子，能在全县考第一，爹也没想到，我也没想到，乡亲们也没想到。开学那天爹去送我，我们跋山涉水，踏着弯弯曲曲的羊肠小路往县城走，走过5里地以后，到了只有10多户人家的西沟村，碰见了正在地里看瓜的大有老汉。

我很喜欢西沟村，这里是我们打柴割草常来的地方，村子虽然很小，却独具魅力，特色鲜明：泛着金光的泥皮小屋团团簇簇紧抱在山脚之下，春天繁花似锦，桃杏争艳；秋天果木累累，赤橙紫黄。更使我感动的是西沟村的乡亲们见了人就笑，那笑让我觉得很亲切，像是家里人。

我们还走我们的路，大有老汉却跑过来了。

他首先笑皱了一张脸，然后和爹打招呼：“二哥，送孩子上学呀？”

爹停下脚步，把挑着行李卷的担子换了换肩，冲着他点头，冲着他笑。

他走到我的跟前，围着我转了好几圈，又把手放在我的头上，摸了又摸。他说：“二哥，你真有福气呀！你的孩子在县里考了状元，真是好材料。”

爹很谦虚地说：“兄弟，你别夸他啦，他那是碰对了，赶对点儿了……”

他不服气：“那别的孩子怎么碰不对呢？二哥，你们等等我。”

他返身跑进瓜田，摘了两颗很大的黄皮皮绿道道的甜瓜，拿回来塞到了我的怀里，我的怀里便是一团芳香。

爹不让我要人家的瓜。爹说庄稼人种瓜很辛苦，很不容易。爹说：“二小，快把瓜还给你大有叔叔，那瓜是卖钱的。”

他便有些生气了：“二哥，你小看人是不是？孩子考了第一，这是咱们村的光荣（他们村归我们村管辖）。给他一颗瓜吃，这是我的一片心意，我喜欢读书识字有文化有出息的孩子。”

争讲半天，爹还是要了人家的瓜，不要也没有办法。我们翻过西沟村西的那道又高又陡的骆驼岭以后，又走了 20 里路，才到达了县城。

路上我问爹："听说骆驼岭上有狼，真的？"

爹说有是有，但是很少看见。

我有些害怕："那我以后星期六回来，走到岭上天就黑了，见了狼……"

爹说："放心吧，到时候爹来接你。"

说话到了星期六。为了节省伙食费，星期六我得回家拿干粮。那天下午我从城里往家走，紧走慢走，爬上骆驼岭时天儿还是要黑了。往回看，红日西沉，暮色苍茫；往前看，小路如蛇，拐来拐去拐到了天上。有风吹过，山上的草木呜呜咽咽；一线溪水垂吊下来，响声时而细微，时而嘹亮。已经攀上山腰的我头发都竖了起来，看哪里哪里有狼。

蓦然之间，我看到了岭顶上有一个红灿灿的火球，那火球忽明忽暗，时现时灭，像颗星星，闪动着温暖柔和的光芒。我知道那是爹蹲在岭上抽烟，爹来接我来了。

我很激动。我哭着喊了一声爹，磕磕绊绊向那点火球跑去。

接我的不是爹，是大有叔叔。大有叔叔把我搂在怀里，用他粗糙的满是汗腥的手擦我满头的汗。大有叔叔说，他已经和爹达成了协议：以后凡是星期六，都有他在骆驼岭上接我，因为他们的村子紧靠骆驼岭，因为我是 12 岁的状元。

那年腊月放了年假，趁我们杀猪，爹准备了一桌好菜，让我去请大有叔叔到我们家吃饭，以报答人家的恩情和关爱。大有叔叔很高兴地来了，很高兴地吃菜，很高兴地喝酒；可是喝着喝着，他的脸就红了，他的话就多了。他对爹说：“二哥，我有个要求，你能答应吗？”

爹说：“你待我家二小天高地厚，整整在骆驼岭上接了他半年,有时候刮风,有时候下雨,有时候下雪,有时候天寒地冻……当然能答应。”

他很兴奋：“二哥，让二小这孩子认了我当干爹好吗？”

爹的手一抖，杯里的酒洒了出来：“兄弟，你不是有好几个小子吗？”

他说：“可是我的小子和我一样，都不识字，都没上学。”

爹大概是不同意这件事情，就说“吃菜吃菜，看凉了”；他也看出了爹的心思，也就见好就收，忙说“醉话醉话，喝多了喝多了”。

我以为爹得罪了大有叔叔，他不再搭理我了呢；可是开学以后，他照样一如既往地上岭接我，依旧端着他的旱烟袋，依旧闪动着那颗温暖而柔和的火球。直到暑假再开学，我路上有了同伴了，那颗“天上的星星”才消失。

那是寒来暑往一年呀！那是风风雨雨一年呀！

从县里的初级中学毕业后，我又考到了省城的中等专业学校。那年寒假回来，又赶上我们家杀猪，我又要去请大有叔叔到家吃饭，爹说别去了，你大有叔叔不在了，他的孙子在咱们村一年级考了第一，他高兴得栽倒在小学校的大门口。他才58岁……

第二天爹领着我到了大有叔叔的坟上，我恍然看见了那个个头不高、满脸憨厚、浑身汗腥的庄稼老汉，恍然看见了那颗在苍茫的暮色中闪闪发光的火球。

爹说："大有兄弟，二小看你来啦！你喜欢读书识字的孩子，今天我让他认你当干爹，让你满意。"

我朝那坟头跪下去了，泪水打湿了那片土地……

两块月饼一个圆

1968年的中秋节，我流浪在外州外县。那时候闹“文化大革命”，两派之间发生武斗，斗得你死我活、势不两立。农历二月我们就背井离乡从老家跑了出来，本想在外边暂时躲避一下，谁料双方的争斗愈演愈烈，一出来就很难回去。

我很想念父亲。我3岁时死了母亲，父亲把我拉扯成人。父亲给我洗衣做饭，供我上学读书。后来我参加了工作，成了一名中学教师，还发表过一些文章，父亲为我很是高兴。如果一个月见不到我的面，老人就会把口信儿捎到学校，问我身体如何、工作如何、怎么不回家看看等等。我知道我是爹的寄托、爹的希望，我在爹的心里占的位置很重很重。

半年没有回家，爹该怎样想我？老人家已经年逾古稀，耕作之后还得烧炊做饭、缝补浆洗，儿子不在他的跟前，他怎样面对那漫漫的长夜、萧瑟的秋风，怎样面对那轮血红的残阳落日？往年的中秋节学校改善伙食，我都要让走读的学生给父亲捎回一点饭菜、一包月饼，今年离家两百多里，天也苍苍，地也茫茫，别说没东西可捎，就是有又如何捎得回去？

中秋节那天细雨如烟，渲染出满天的离愁别绪。下午我们村里来了人，他是给我们生产大队赶马车的赵老好，他说他路过这里，特地找到我的住处，把我叫了出来。

我很吃惊。我说：“大哥，你怎么来了？”

他说：“你家二叔让我给你捎着点东西，千叮咛万嘱咐，让我一定捎到，一定亲自交给你。”

他从怀里掏出一个小小的纸包，双手递给我，那么小心翼翼，那么郑重其事。

我说：“大哥，我爹的身体好吗？”

他摇了摇头：“不好。二叔天天傍晚站在村口，抬头望着远处，呼喊你回家吃饭，喊得满脸是泪。”

我说：“大哥，你回去告诉他，就说我这里很好，吃得也好，住得也好，身体也好。”

大哥说：“这荒乱年头，你的话他相信吗？就算你这里很好，捎个口信儿能够解决问题吗？他主要是想你，见不到人，叫天天不应，叫地地不灵啊！”

大哥挥泪而去。我把那纸包一层一层剥开时（我记得很清楚，那个小小的包总共包了八层纸），里面竟是半块酥皮月饼。月饼已经干了硬了，我闻了闻却又甜又香，还是原汁原味。

爹是什么时候买的这块月饼呢？他一定是早就买下了，没有合适的机会捎给我！

爹为什么只给我捎半块月饼呢？他一定是只买了一个，朝朝暮暮思念远方的儿子，于是他半块、儿半块……

那天晚上雨过天晴。当圆圆的月亮升起来，天也皎洁地也明媚的时候，我听到哪里响起了枪声，声音尖脆而凄厉。于是我恍然醒悟爹只给我捎来半块月饼的道理。

我含着满眼泪水把那半块月饼包起来，很珍贵地放在我的书包里；我一定把它带回家里，捧给父亲，献上自己的一片诚意。

越想回去，越是不能回去。一年之后，当我们心急火燎地返回自己的县城时，又是八月中秋，又是秋风秋色，又是一轮即将落山的红日。我匆匆忙忙回到家里，爹已经重病在身，见了我放声大哭，拉住我的手久久不放，生怕我再离他而去。

那一天正是农历八月十五。那一夜的月亮特别大特别圆。

映着如水的月光，我把自己买回来的月饼拿给父亲吃，老人很吃力地说："小子，爹已经吃不了东西啦；你回来了就好……爹还给你留着月饼哩。"说完伸手示意，让我拉开桌子下面的抽屉。

我从抽屉里拿出了一个纸包。我把纸包一层一层剥开，里面同样是半块酥皮月饼；月饼已经很干很硬了，闻了闻却没有变味。

爹说："小子，你吃吧，那是去年买下的。我经常打开看一看，没搁坏……"

我突然想起去年八月十五的事。我急忙拿过书包，从纸包里剥出另外半块酥皮月饼来。

我把两块月饼对在一起，严丝合缝，不偏不倚，正好对成一个同心圆，很像天上那个又圆又大的月亮。

爹笑了：“小子，那半块月饼你也没舍得吃？这回圆了，圆了……”

我的泪水汹涌澎湃地打在那个圆上，一时说不出话来。

收　获

我老家的院门口有棵碗口粗细的桃树。这棵桃树春天时青枝绿叶、繁花似锦，奉献给我们满院子芬芳；秋天时硕果累累、醉态悠悠，交付给我们满院子香甜。

我们一家人十分喜爱这棵年纪轻轻、风一吹就咿呀作语的桃树。

桃树是儿子栽的。那一年 8 岁的他去地里给猪拔草，在渠堤上发现了一棵破土而出的水灵灵的桃树苗。儿子的眼睛亮了。他欢天喜地又小心翼翼地将根根须须刨了出来，满怀希望地栽到了我们家的院门口。

当时我正好在家。

我对儿子说："甭栽，栽也活不了。"

儿子不服，瞪着眼睛问我："怎么活不了？"

我说："咱家门口就是大路，每天车来人往，猪拱鸡刨，这树苗百般娇气，怎经得风吹日晒、天灾人祸？"

儿子说：“我天天护着它，看谁敢欺负！”

话是这样说，看护这棵树苗的任务却落到了岳母身上。儿子每天上学走了之后，老人便端出一个粗糙的木凳，坐在门口眼巴巴地守着那棵幼小的树苗。她不顾自己 66 岁的年纪和患有严重哮喘病的身体，细心地给那秧儿浇水施肥，培土除草；她甚至从哪里找来一捆葛针，团团地将那棵秧儿围住，让猪儿不敢拱、鸡儿不敢刨、孩子们不敢下手拔。

我对儿子说：“看给你姥姥找麻烦了不是？”

老人却说：“不怨他，我愿意。”

许是心诚则灵吧，那棵小小的秧儿居然见风就长，等那年春节我从市里回到家里时，细细的桃树竟然蹿到了我的腰里。大概是怕桃树着了风寒，入冬的时候岳母用柔软的稻草把那青嫩的树干严严实实地缠住，像母亲给女儿编出的发辫，光滑柔韧，无懈可击。

而岳母却躺在炕上，她嗓子里粗重的哮喘之声像拉动的风箱。

3 年之后，小桃树开始开花了。

5 年之后，小桃树开始结果了。

望着那青乎乎、酸溜溜的桃蛋蛋，老人非常高兴。站在院里数啊数啊，好容易数清这根枝条上挂了多少果，却呼地刮过一阵风来，搅乱了枝条，让老人认不准哪一枝是刚刚数过的、哪一枝是还没有数过的。直到农历五月那核桃大的桃子成形了，岳母才惊奇地发现，树上的果儿共有71颗。

岳母拍手笑了，兴致勃勃地跟家里人说："这桃树奇怪，结的果儿和我的岁数一模一样，我今年71岁，它也71个！"

就有过往的行人和孩子跃跃欲试，伸手摘桃，第一天少了3个，第二天少了5个，第三天干脆少了8个！岳母心疼万分，站在院门口啧啧感叹："这桃儿还不熟啊！不是等熟了再摘才好吃吗？什么时候丢的呢，一眨眼就不见了？"自此，不管白天黑夜、风雨阴晴，老人总是在桃树旁边的那张小凳子上坐着。白天她手里拿着针线，夜里就看那月缺月圆，闻那狺狺狂吠，听那露珠簌簌地掉落。

忽一日，一个名叫狗旦的10多岁的孩子跑到了岳母跟前。孩子说："姥姥，不好了，坏了大事了，你家才买的3只小鸡掉在水渠里，快要淹死了！"

岳母一惊："你看见了吗？"

孩子说："看见了，看得真真的呢！"

老人便挪动着两只尖尖的小脚，带着沉沉的哮喘，颤颤地去救遇难落水的小鸡。等她像灯苗一样忽忽悠悠地来到渠边时，只见绿水长流、碧波涟涟，除几只鸭儿在水面上嬉戏耍闹外，哪有什么小鸡？

意识到问题的严重性后已经晚了，岳母再赶回家门口时已是满地桃叶，四处狼藉，数了数树上的果子，整整丢了29颗。

岳母照直找到了狗旦的家里。狗旦和他娘正在乐不可支地吃桃。

岳母说：“狗旦他娘，你们不该哄骗我啊！桃儿还不熟，你们这样做，不是杀生吗？”

狗旦娘说：“婶子，这桃是你家的吗？”

岳母说：“不是我家的是谁家的？”

狗旦娘变了脸：“婶子，别忘了你是搬来的而不是嫁过来的！星星跟着月亮走，你别沾光不自觉。”

岳母大哭一场。

依了妻子的意见，这事得找村干部，吃桃行，骂人不可；岳母说别啦别啦，只怪我太相信那个狗蛋了。

农历七月，小树上的桃儿熟了。熟了的桃子红中泛紫、紫中泛红，透过那薄薄的细腻光滑的表皮，可看到包在里面的琼浆玉液般的汁水。这时候我们家的那片干干爽爽的黄土小院便芳香四溢，夜里到来的时候，星光月影，扑朔迷离，在秋虫的浅唱低吟中，简直就是一方仙境圣地。

可是树枝上的果儿仅仅剩下 16 颗。

岳母把成熟了的桃儿摘下来，留下 6 颗给家里人吃，把 8 颗送给左邻右舍。老人拿起另外两颗桃儿对我儿子说：“去，快去给狗旦家送去，让他和他娘都尝尝。”

儿子把脖子一拧：“我不去！他们偷咱们的桃儿，还骂你……”

岳母说：“听话，你叫他尝尝熟桃儿的味儿，他明年就不摘生的了！”

那时候我们家是7口人，岳母把5颗桃儿给了妻子和孩子们，留下一颗等我回去吃。等了半月没等上，岳母偷偷地去扔那个烂透了的桃儿时，眼里纷纷扬扬落出了泪水。

是心疼那颗桃儿呢，还是思念工作在外的人呢？

妻子后来问她：“娘，你怎么不吃那个桃儿？你守护的果儿你一口也没吃。”

岳母说：“我这么大年纪了什么没吃过？再说还有明年，明年我吃！”

第二年的桃子结了133颗，正因了香甜可口，成熟了的时候树上只剩下9颗。

第三年结了158颗，成熟了的时候树上只剩下5颗。

第四年只剩下两颗。

岳母是在1983年农历五月去世的。去世的前一天，她还让我们把她扶到院里，一颗一颗数那树上的桃儿。她这样嘱咐我们：“咱树上的果儿是202个，你们记住，哪怕这桃儿最后只剩下一个，也要送给街坊四邻吃。乡里乡亲，和睦些好，亲密些好，仁义些好，不要记狗旦家的仇气……听见了没有？”

老人去世以后半个月，我们全家农转非的申请就被上级有关部门批准了。

农历六月，我们一家大小人等搬到了市里。

锁那扇院门的时候，我倚在那棵桃树跟前，将树上的果儿又数了一遍：岳母说得不错，那鸡蛋大小的桃儿正是202个。

儿子说："爹，咱都打了它吧，要不没人看了。"

我说："不，都打了它，用你姥姥的话讲，不是杀生吗？"

七月里，儿子回村里给姥姥上坟，一股脑把成熟得有些发软的桃子都摘了。儿子用一条口袋把桃子带回市里，高高兴兴地说："爹，你猜我收获了多少桃子？"

我说："多少？"

儿子说："不多不少，整整202个。"

见我有些疑惑，儿子便把那红中泛紫、紫中泛红的桃儿全部倒出来，桃儿像霞一样在光出溜的水泥地板上活蹦乱跳，我按定一数，数出201个。

我说："不对，少一个嘛。"

儿子说："爹，那一个我摆到姥姥的坟头上了。这么多年，姥姥没吃过咱树上的一口桃……"

吃饺子

那时候就是那时候。

那时候不是这时候。

那时候吃的是高粱面、山药面、瓜菜代，还不够吃吃不饱，要想吃顿白面饺子非常难、非常难。

那时候我在一所初级中学教书。学校在乡下，门前是一条缓缓流淌的清水河，四周是茫茫苍苍的太行山。我才 25 岁。我教的是毕业班的语文课，还担任这个班的班主任，从上课到下课，从起床到睡觉，从放学到回家，学生们方方面面都归我管。

那一天是星期六。那时候星期六照样上课，每个星期只休息星期天。校长从县城开会回来，喜气洋洋地说："告诉大家一个好消息，我们学校被县政府评选为教学模范单位，大家都有功劳，大家都辛苦啦。"校长说，为了庆贺这一至高无上的荣誉，他特地想办法讨来了几斤白面，今天晚上请各位老师吃顿素馅饺子，让大家脚踏实地地高兴高兴、喜欢喜欢。

校长讲完以后，老师们热烈鼓掌、欢呼雀跃，都有一种幸福感、骄傲感。

那是春末夏初，夜里短了，白天长了，好不容易等到傍晚开饭的时间，我正拿着碗筷兴致勃勃地向厨房大踏步地前进时，却有一个住宿的学生急急忙忙跑过来，抢在我的面前，向我请假回家。

他叫梁亮，16岁，个头虽然瘦小，却很机灵很精神。

他是我们班里的高才生，是个被老师喜欢的学生。

他恭恭敬敬地说："老师，我请假，我要回家看看，我想家。"

我说："梁亮，再有两个月你就该考高中了，怎么还想家呀？你应该发奋图强、以校为家，忘掉山沟里那个小家。"

他说……

他说的什么，我没有用心去听，我光想着到厨房去吃素馅饺子。校长说了，今天晚上的饭不给分成一份又一份，不给往每个老师的碗里盛，而是把煮熟的饺子捞在一个很大很大的笼屉上，大家蹲下来，围成一个圆圈，热热乎乎一起吃。校长郑重其事地说，这种吃法好，它象征着兴旺象征着团结，象征着齐心协力同心同德！

我想我要是去晚了，还有我的饺子吗？所以我丢下梁亮，径直到了厨房。

我蹲下身子，挤进那个热腾腾的"圆圈"，刚刚夹起一个饺子，还未品尝到它的妙处时，梁亮又立在厨房门口喊我："老师，对不起，请您出来一下。”

想了想，我还是放下那个饺子出去了。我索性把梁亮叫到了我的办公室。我说：“梁亮，你说吧，把你想说的都给说出来，别再憋在肚里啦。”

梁亮的眼里扑簌簌地掉下两串泪水。他说爹给他捎过信儿来了，爹想他，让他这个星期天一定回去；他说他已经有一个月没回去了，他也想回去看爹去。梁亮擦了擦脸上的泪水说：“老师，我们家的情况您知道，您说我回去不回去？”

搞家庭调查的时候我曾经去过梁亮的家，并且在他家的热炕头上住过一夜。我知道梁亮的母亲已经去世了，梁亮的爹是个放羊的。梁老汉已经 50 多岁年纪，全家只有他和梁亮两口人。老汉实实在在地告诉我，他赶着生产队的羊群漫山遍野地跑，不怕风不怕雨，不怕苦不怕累，不怕雷霆电闪，不怕饥肠辘辘，心里总有一盏灯照着，眼前总是亮堂堂的。老汉说：“老师，我哪里来的这盏灯啊？他就是梁亮，他就是我的儿子。”

老汉说：“儿子原来叫梁成，后来才改成梁亮的。”

话说到这里，老汉眼里有泪了。油灯闪闪，泪花闪闪，望着他满脸的希望和坚毅，我彻底了解了这个家庭，了解了这位个头不高、黑黑瘦瘦的放羊汉子。

想到这些事情，我的心里仍然很激动、很兴奋。

我准了梁亮的假。我请他代我向他爸爸问好，我还真有些想念他。

我看了看表说:“现在已经是下午6点,你还要走20里山路,路上胆小吗?”

梁亮说:“不胆小不胆小,我爹说在半路接我哪;我每次回家我爹都接我,他是放羊的,他不用和生产队请假。”

梁亮深深地给我鞠了一躬说:“老师,我耽误您吃饭啦,你们吃的是饺子呀!”

我再来到厨房时,那个“圆圈”已经散了,只剩下那个偌大的笼屉。

第二天太阳落山的时候,梁亮回到了学校。梁亮把一只饭盒悄悄地捧给我,我忽然闻到了一股浓重的香气。

我问:“这是什么?”

梁亮悄悄地回答:“饺子。”

我问:“哪来的饺子?”

梁亮回答:“我爹包的。不对,我爹不会包饺子,是我爹请人包的。”

我吃惊地问:“你们家里还有白面?”

梁亮回答:“白面是我爹借的,做馅儿的腊肉也是我爹借的。我爹心肠热,人缘好,因为他乐意帮助别人,别人也都乐意帮助他。可惜借遍了全村子,也只借了半斤面……老师,因为我请假,您昨天晚上没有吃上饺子吧?”

梁亮又说:“老师,你们难得吃一回饺子。”

我轻轻地打开了那个饭盒。那饺子个头儿不大,却是精雕细琢、玲珑剔透，工艺品一般可爱。我很认真地数了数，1、2、3、4、5……那是22个饺子。

因为饭盒装在书包里，那饺子还温乎，还有一丝一缕的热气。

我让梁亮赶紧拿筷子，喊了几声没人答应，抬起头来一看，房间里只剩下我自己，还有满屋子醉人的香气。

你记着，我记着

这是30年以前的事情。

30年以前，他在我的老家沟里村放羊，我在市里文化单位上班；30年以前，他62岁，我42岁；30年以前，我叫他大哥，他叫我兄弟。

但是我们俩的兄弟关系不是亲的，也不是叔伯的，是论啊论啊论啊，论了十八个回合之后论出来的。反正他叫赵能我叫赵周，反正我们两个同辈。

他在村里放羊，我在单位上班，井水不犯河水，我和他能有什么故事？

可是有趣的事情发生了：那天早饭以后他上山放羊、从我家门口路过时，我看见他的羊群里有一只羊羔小巧玲珑、活泼憨实，雪球一样可爱，就蹲下身去摸了一把，结果一只母羊从斜刺里冲了过来，昂着头，挺着角，照准我的腰部很猛烈地撞了一下，毫无防备的我失去平衡，一个趔趄倒在了那里。

那是一瞬间发生的事情，真可以说是迅雷不及掩耳。

赵能老汉看了我一眼，大声问道："没事吧，兄弟？"

因为疼痛，我在地上龇牙咧嘴地走了几步，然后摇了摇头，意思是没事。

这时候赵能老汉的女人出现了，她抢上来高葫芦大嗓子地喊道："什么有事没事？有事咱也不管。责任在他，他先下的手，他先去摸咱家的羊羔！"

女人又说："哪个当娘的不爱自己的儿女啊？羊和人一样，羊也知道保护自己的孩子！赵周兄弟，今天的事情你是自找，你是活该，你说我说得对不对？"

赵能老汉也没有表态，也没说是我对还是他的羊对，甩了一声响鞭，赶着羊群匆匆而去。

那是春天，青草发芽，杨柳吐绿，望着老汉的背影，我心里有一种不可名状的滋味。我想：大哥你总该说句话呀，哪怕是我的不对。

说话到了夏天。大约是6月中旬的时候，我又回到了我们县里。办完公事之后我想回沟里村看看，县委便派了一辆轿车往家里送我。那是午后，骄阳如火，蝉鸣不息，因为前晌落过一阵大雨，天地之间湿漉漉的。轿车驶出县城后，黄土路上都是泥，我看见前面有位提着篮子走路的老太太。老太太是小脚，两只脚陷进泥里拔不出来，前走后倒左摇右晃，眼见十分吃力。

我们很快追上了她：原来是赵能大哥的老伴儿，她从闺女家里回来，要走回沟里村。

我让师傅把车停下。我跳下车去拉住她的手说：“大嫂，请上车吧，看你走得满头大汗！”

她笑了：“兄弟，那行吗？你看我这两脚泥，不把你们的车弄脏了吗？”

她还在犹豫时，我把她扶进了车里。

那天傍晚赵能老汉突然来到我的家里。他拉住我的手，拽我到他家里吃饭。

我很认真：“大哥，无功不受禄，你请我吃饭也得有个说头啊。”

他很严肃：“兄弟，你大嫂不是坐你的车回来的吗，这还不是说头啊？”

我说：“乡里乡亲，当村是户，这不应该吗？”

他说：“还是你知己；要是别人，谁搭理我们啊！”

我还是坚持不去他家吃饭，老汉就搬来了救兵，让他老伴出面说和。大嫂说：“赵周兄弟，你为什么不去呀，你是不是还记着我的仇气呀？春天我们的羊撞了你,我说了几句很难听的话，俺给你赔礼啦。”

结果我到他们家里吃了那顿饭，不去真的不行。

说话到了秋天。当高粱红了、谷子黄了的时候，我又一次回到了我们县城。为了报答赵能大哥的情谊，我托付进城赶集的乡亲给他捎回去几斤点心几斤水果，并且向他和他的老伴问好。

第二天早晨我刚刚睡醒，就有人敲我的门子，我爬起来拉开门一看，我的天，竟然是赵能大哥！

他脸上一片笑意，浑身一股汗腥。

他首先告诉我，我捎给他的东西他都收到了。他说："兄弟，你这么结记我、这么心疼我、这么看得起我，让我很感动。"

他接着告诉我，因为兴奋，昨天晚上他一宿没睡好，鸡一叫就赶紧起炕，匆匆忙忙往城里走。他说："兄弟，我不知道你在城里待几天，生怕你走了，见不着你。"

他再告诉我，走完20里山路之后他进了县城，他先到了他闺女家里，闺女让他到县政府招待所找我。

这时候他伸手从他的怀抱里掏出一只瓶子来。他把瓶子递给我："兄弟，喝吧，这是牛奶，我让闺女煮的。"

那瓶子有些烫手，那奶还热乎乎的。

抽完一支烟后，他起身告辞。他说："兄弟，咱也见了面了，咱也说了话了，我走吧。我还要回去放羊，还要回去收秋。"

我握住他的粗糙的手时，他眼里有泪了。他说："兄弟，大哥对不起你，春天时我的羊撞了你一下，你跌了跟头，我以为你是娇气，是故意跌倒的；后来见你拐了好几天，还请医生看过，这才知道是真的了，知道了也晚了……"

他眼里的泪水掉下来，哭得像个孩子。

在一片鲜艳的朝霞里，我把大哥送到了城外，送上了大路。他走了好远以后突然转过身来，朝我喊道："兄弟，我闺女天天早晨会给你送奶喝，你记着。”

我也喊给他：“大哥，咱是一家子，你记着。”

秋凉了，树叶黄了

上小学二年级的时候我的同桌叫庚儿。庚儿那年或是 11 岁或是 12 岁，长得虎头虎脑、白白胖胖，人很精神，就是有些淘气。

那一天老师教我们念课文：“秋凉了，树叶黄了，妈妈说该给孩子们做棉衣了。”老师教一句我们念一句，课堂上书声朗朗，秩序井然。庚儿或许觉得那做棉衣的事情离他太遥远，或许觉得这课文读着太枯燥太乏味，念着念着就心不在焉，出了差错。庚儿念道：“秋凉了，树叶黄了，妈妈说该给孩子们买糖了。”逗得大家拍手大笑，课堂上乱哄哄的。

老师恼了，厉声叫道：“赵庚儿！”

庚儿红着脸站起来：“到！”

老师说：“你刚才怎么念的？”

庚儿嗫嚅道：“我说：秋凉了，树叶黄了……哪儿不对？”

“还有呢？”

“妈妈说该给孩子们买糖了……”

老师揪住庚儿的耳朵，使劲一抻："怨得你胖，你就知道吃！知道你身上的棉衣怎么来的吗？"

庚儿说："知道。爹给拉的布，娘给做的针线，又不是偷的人家的……"

老师说："慈母手中线，游子身上衣。你以为你穿的仅仅是一件棉衣吗？"

那是1949年。庚儿身上的棉袄打着许多补丁。

1996年，庚儿或是59岁或是60岁的人了。岁月变迁，沧海桑田，一场场春风秋雨已经把那虎头虎脑、白白胖胖的庚儿吹打成一个粗糙枯干、憨厚朴实的庄稼老汉。就是在秋凉了树叶黄了的季节，我回到了故里；就是在月儿圆了露珠浓了的时刻，我到了庚儿家里。灯光悠悠，夜色寂寂，庚儿老汉一个人跪在炕上，穿针引线，左缝右补，正在赶做一件棉衣。

他的头扎得很低很低。那张脸就像要亲吻那块棉布；脊背高高地拱起来，那个弧就是一张饱满的弓。

他的手有些笨拙，颤颤抖抖，那针就无声无息地滑落。

有一丝涎水从嘴里淌下来，闪着光亮，飘呀飘呀……

想起他死了女人，我心里一片酸楚。

我说："庚儿哥，你好。"

他的肩膀一颤，手便用劲猛了，那针穿过棉衣扎了指头，听得"咝"地一声，他倒抽一口凉气，便有一点鲜红的血花开在他的手上。

他抬起头来讪讪一笑："哎呀，兄弟，是你。"他惶惶地指了指炕头上的针线笸箩，"这活不是咱们男人干的，比垒墙打坯还费力气。"大概怕我贬他针脚大、活路粗，他急忙把那件棉衣收起来，悄悄地藏到背后。

我递给他一支烟："庚儿哥，你的棉袄吗？"

他摇了摇头："哪是我的？旦儿的，旦儿被判了刑，做劳改，还没过冬的棉衣。秋凉了、树叶黄了啊！"

旦儿的事情我知道。旦儿是庚儿老汉的儿子，因好吃懒做不务正业，乡亲们反映很不好，庚儿一气之下就对旦儿管得严了些，旦儿却翻了脸，抡起一根木棒把爹给打倒了、打伤了……

爹给犯罪的儿子做棉衣。爹的心情该是啥滋味？

朦朦胧胧、团团缕缕的烟雾里，庚儿隐了一张表情复杂的脸，隐了一双盈满泪花的眼。是怀念那死去的女人呢，还是想念那服刑的儿子呢？抑或是后悔自己当初管教不力，把儿子推向邪路？

偏偏地，风又把一片树叶刮进屋里来，悠悠地打个旋儿，便在地上铺出一片耀眼的金黄。

"庚儿哥，旦儿来过信吗？"

"来过。旦儿进步挺快，说是出狱以后做牛做马也要照顾我、孝敬我。"

他的眼泪终于滚下来，久久地挂在花白的胡须上。他穿的衣服很单薄，褂子上好几颗扣子脱落了，露出的胸脯上贴了一两点泥巴，干了，跟金豆子一样辉煌。

“庚儿哥，那就请人帮帮忙，请左邻右舍的乡亲给旦儿把棉袄缝一缝，省得你……”

“不，不，我缝着心里踏实，我缝着心里高兴。我缝的棉袄旦儿穿着暖和。兄弟，我欠孩子的东西太多太多了，不能再欠了。”

“你欠孩子什么？”

沉吟良久，他拿出那件还未做完的棉衣，一字一句地说道：“兄弟，你看这上面的补丁……他也是30岁的人了，我还没有给他娶上媳妇……”

“庚儿哥，你是当爹的人，不欠旦儿什么！”

“兄弟，我也是当娘的人呀！慈母手中线，游子身上衣。想当年老师说过不是？我这会儿才知道了，这棉袄不仅仅是一件棉袄。”

送我出门的时候，夜已经很深了。月光如水，寒露遍地，老汉顺手在院里抓一根山药蔓紧到腰里。清风明月中，我恍惚发现庚儿有了罗锅，跟背了包袱似的。

我披好大衣问他：“庚儿哥，还不睡觉吗？”

他说：“就睡，就睡。”

“睡你还紧那根蔓子？”

庚儿抬起头望望天上的月亮，满怀深情地感叹：“兄弟，秋凉了、树叶黄了啊！”

一个庄稼人

那年秋天，一位老汉去县城赶集。路是山路，不但弯弯绕绕爬坡上岭，还有山泉笑嘻嘻地流淌，其声欢快活泼、如歌如诗。老汉已经年过花甲，回来的时候觉得累了，便坐在岭上歇息。这个时候蓝天如洗，夕阳辉煌。看着那漫山遍野的绿草黄花，老汉心里一片温暖，一片舒畅。

有人上岭来了，是位20多岁的小伙子。因为小路步步登高，他是推着自行车上岭的。走到岭顶上的时候，他已经满头大汗，气喘吁吁。

他看见老汉歇在那里很惬意很享受，便把车子放好，也坐在岭上歇息。

两个人距离不远，也就三五步的样子。

他说："大伯，您好，您这是从城里回来呀，还是到别处去走亲戚？"

老汉笑了："今儿个八月初三，到城里赶了个闲集，也没买多少东西。”

他说：“老人家，我再多问一句，您是哪个村的呀？”

老汉回答：“我是前寨乡沟里村人。你知道我们村吗？”

一说是前寨乡沟里村人，小伙子马上激动起来，兴奋起来。他立起身来，打着手势说道：“大伯，原来您是沟里村的人呀！好家伙，这些年沟里村出了一位作家名叫赵鹏，叫得很响，名气很大，大伯应该知道这个人吧？”

老汉捋了捋下巴上的胡须，挺了挺腰杆回答：“知道，知道。沟里村村庄不大，我还能不知道赵鹏吗？外村的人都说他是位作家，是位老师，都说他写的东西很好看；可是回了沟里村，他就不是作家，不是老师，他是一位乡亲、一位儿子、一位侄子、一位孙子……”

小伙子沉思一刻，觉得老汉的话说得很有味道，很有道理，但是他还是坚持说：“老人家，您说也对也不对。赵鹏老师的书我看过好几本，写得就是很生动很形象很具体很好看，人物都给写活了，像在我跟前站着一样；他这个作家名副其实，没有虚的和假的！”

老汉摇了摇头，长长地感叹一声：“叫我说，什么作家不作家，他也是一个鼻子两只眼、普普通通一个人吧！”

小伙子说：“大伯呀，您不懂，这作家们才高八斗、著书立说，可是了不起……”

老汉不服：“我咋不懂？作家也是吃着五谷杂粮长大的！

他赵鹏有什么了不起，小时候睡觉常尿炕，今天尿了明天还尿；打他一巴掌，他就哇哇大哭，样子很委屈、很无奈、很可怜呀！”

小伙子很感兴趣：“老人家，这是真的？”

老汉回答：“当然是真的，我这一辈子没说过假话。”

小伙子笑了：“大伯，您对赵鹏老师知根知底、了如指掌，这是名人趣事，很值得保存和收藏。”小伙子又凑到跟前，拉住老汉的手问：“老人家，了不起！您对赵鹏老师这么熟悉这么了解，真是了不起！”

老汉说：“一个村里的人，村南说话村北都能听得见，哪有什么秘密呀！”

太阳就要落山了，满天霞光，遍地鲜亮，他们赶紧起身往回走。下岭的工夫，老汉了解到小伙子姓李，是位小学教师，业余时间喜欢写作，也写了不少东西，可是不知道哪里不对付，尽管千辛万苦，费了九牛二虎之力，写出来的文章怎么也发表不了，哪怕是只言片语。

老汉问：“李老师，那么现在你还写吗？”

小伙子说：“大伯，您别叫我李老师，我就是您的孩子。我现在不死心，还在写，常言说坚持就是胜利。想起你们村的赵鹏老师，我就有了决心、有了信心，他也不是大学毕业，他也当过学校老师，他也很不容易。”

老汉说：“李老师，这年月你说谁容易呀？谁也得加油干、不松劲、往前闯啊！他赵鹏因为写书出了名，他要不写书，和咱们不是一样吗？所以说，我老汉并不高看他。他在那个部门，写书是他的工作，他应当把书写好啊！”

下了岭就是大路了。大路分为两岔：一岔向东，再走20多里路，是这位年轻的李老师的家乡尚庄村；一岔向北，再走8里路，是老汉的家乡沟里村。他们分手的时候，年轻人说：“大伯再见，谢谢您老人家给我介绍了赵鹏老师的情况，叫我受益匪浅。可惜我还没有见过赵鹏老师，好遗憾好遗憾啊！”

老汉说：“李老师，你遗憾什么？那个赵鹏也不是什么神仙，也和你和我一样，是个很普通很平常的人，他现在回来探家，正好就在沟里村……”

小伙子大为兴奋和激动：“大伯，您说什么？您说赵鹏老师现在就在沟里村？”

老汉说：“是呀是呀，他现在就在沟里村，前天才从省城回来的。”

小伙子跷腿上车风风火火地走了，第二天又骑了车子风风火火地来了，来到那个小小的山村沟里村了。他很顺利地找到赵鹏老师家，把自己写的几篇小说很虔诚地捧给赵鹏，请他给我找毛病，提提意见。赵鹏笑了，说：“李老师，今天是星期天，我想您可能会来沟里村，因此没有出门，特地在家等你。”

他大吃一惊：“老师，您怎么知道？”

赵鹏说：“我父亲告诉我，今天您可能来我们家里，让我好好接待接待您，一定要给您说详细点儿、说周到点儿，态度要认真要和蔼，别丢三落四地支应人家糊弄人家，那样对不住人。父亲又说，小子，别忘了你睡觉尿炕的事情，谁都是从小长大的。”

他非常激动地立起身来：“老师，您的父亲是……”

赵鹏说：“一个庄稼人，昨天您在岭上碰到的那个老汉。”

| 第四辑 |

有 意 无 意

YOU YI WU YI

丢了一只鞋

女人丢了一只鞋。

女人非常喜欢那双鞋，特别爱惜那双鞋。那双鞋是她紧针密线、一针一线用心血做出来的；那双鞋是她结婚那天从娘家穿到婆家来的；那双鞋是她做姑娘和做媳妇的分水岭，很有历史意义和纪念意义。那双鞋红绸鞋面千层底，大方周正，看着就很舒心；那双鞋玲珑精巧，如同一件工艺品，穿着非常舒适。

可是丢了一只。

鞋是成双成对的东西，丢了这一只，也就等于丢了另一只。

怎么就丢了一只鞋呢?

正月里，她们村里大跳广场舞，因为跳得好，在镇上比赛拿了第一，县委和县政府有关部门特地邀请她们进城演出。女人是村歌舞团的团长，而且是领舞，能够站在县城的大舞台上为全县的乡亲表演，展现自己优美的舞姿，这当然是荣誉、当然是骄傲。女人很兴奋也很激动，进城时特地穿上了那双“红绸鞋面千层底”，这双鞋她一直舍不得穿，保存在柜子里已经20年了。

那天的演出非常成功，女人在县城跳疯了，舞圆了。女人听见台下的观众赞不绝口地夸奖她的那双鞋，说那是一双既有古典韵味又有现代意识、既能扮亮自己又能吸引他人眼球的光彩闪闪的鞋，难怪她跳得如霹雳闪电，携雨带风。

跳罢了那场舞，女人成了一颗星。

女人从县城回到村里时已经是下午5点，街面上暮色苍茫，窗户里灯火灿烂。女人太累，进家以后倒头便睡，一睡就睡得非常瓷实，竟然忘了关好大门和屋门。

第二天上午，县电视台的一位女记者来到她家采访她。女记者十分欣赏她的舞姿，欣赏她的身段，欣赏她的灵巧，欣赏她的敏捷。女记者问了她的年龄，问了她的家庭，问了她的男人，问了她的孩子。女记者最后问道：“大姨，昨天县城的人们都夸奖你穿的那双鞋，说是那双鞋为你增光添彩，为你赢得成功，你认为是不是这样？我能看看那双鞋吗？”

女人突然想起了那双“红绸鞋面千层底”：昨天回家以后累垮了，她随便把鞋一脱、一踢，就上床睡觉了，想不到它还会引起一位记者的注意。

她想：你看我这双鞋多么光彩、多么露脸、多么非同一般。

她从床铺底下找到了一只“红绸鞋面千层底”，而另一只哪里也找不见了。

她傻了，她愣了：自己怎么只有一只鞋？这事多么可笑多么荒唐哪？

当着记者的面，她在屋子里翻江倒海翻箱倒柜，没有找到另一只鞋。

记者走了以后，她在房前房后寻寻觅觅，搜了一遍又一遍，没有找到另一只鞋。

她想：奇怪，我的那只鞋呢？不翼而飞了吗？

她想：蹊跷，我怎么丢了一只鞋呢？天下有丢一只鞋的人吗？

想来想去，她吃饭不香、睡觉不甜了。

想来想去，她心烦意乱、头昏眼花了。

这一天，娘来了。娘问她："丫头，我怎么看着你病恹恹的呀？"

她说："没有呀。娘，我挺好，挺好。"

娘说："你甭哄我，我看得出来。"

娘已经年逾古稀了，娘在生活中经历了无数的坎坎坷坷。她躲不过娘的那双眼睛，她只好实话实说。娘听了她从头到尾的叙述后，竟然非常震惊，竟然变脸失色！

娘说："丫头，你说什么？你把鞋丢了一只？还是你结婚那天穿过的鞋？"

娘说："这征兆可不吉利。鞋是成双成对的东西，不能丢，丢不得！"

娘说："丫头，你男人在外打工，我是怕他有个一好二歹……”

她的眼里便有了汹涌的泪水：“娘，那可怎么办呀？”

娘说：“老人们讲，办法只有一个，你把剩下的这只鞋扔掉，扔得越远越好。”

她说：“娘，那不行，那不是扔我的心吗？”

娘说：“你应该这样想：反正它也不能成双成对，反正它也不能穿了。”

娘走了以后，她抱着那只“红绸鞋面千层底”，哭得眼里没了泪水。

太阳落山的时候，她把那只鞋扔进了村前的大河里；河水自西向东哗哗流淌，她看见那只鞋越飘越远，后来看不见了。

从河沿上回来，隔壁二嫂站在她的院子里。二嫂手里拿着一只鞋。

她一眼就认了出来，那是她丢失了的那只“红绸鞋面千层底”。

二嫂说：“他婶子，我家的狗把这只鞋叼到了我们床铺底下，你看看是你的吗？”

不是鸡蛋是鸭蛋

那天傍晚，二嫂去场里抱柴火准备回家做饭的时候，她的眼睛突然一亮：苍茫的暮色中，她的柴垛里有一个窝，窝里有一个很大的鸡蛋。

那只鸡蛋很白，像一颗雪团，因此有些晃眼。

二嫂顺手把鸡蛋拿了回来。

二嫂的心肠非常好，觉得谁家拉扯一只鸡也不容易，又是吃又是喝又是工夫，如今把蛋丢了，虽然事情不大，心里也一定很别扭。二嫂慌慌忙忙做好了晚饭，就蹬着梯子上了房，在房顶上一遍一遍地喊给各位乡亲，她刚才在场里抱柴火时捡了一只鸡蛋，是谁家的请谁来拿。二嫂很负责任地说："如果你丢的鸡蛋和我捡来的鸡蛋模样相符，我一定把这只鸡蛋给你。"二嫂的言外之意是：你也别乱来，你说得如果不相符，我不给你。

二嫂又蹬着梯子下了房，再拿起那只鸡蛋细看时，心里就惭愧了：因为天黑因为粗心，刚才她没看清楚，她捡的原来不是一只鸡蛋而是一只鸭蛋。二嫂自言自语地说："我说这只鸡蛋咋这么个儿大呢，原来是只鸭蛋。"二嫂狠狠地责备自己：你的眼真拙，你真没出息！

二嫂正想到房顶上再喊几遍、纠正刚才的错误时，后院的大嫂就端着饭碗来了。大嫂吃的是面条儿，面条儿上面搁着一点鲜红的辣椒，大嫂笑着非要把那点辣椒拨给二嫂吃，说她的辣椒是经油炒了的，很香很脆，很有味道；二嫂不要，二嫂说自己从来不吃辣东西。大嫂说："妹子，那你就把那只鸡蛋给我吧，我家的那只芦花母鸡今天把蛋丢了。我家的鸡蛋有记号：个儿大皮儿红，滴溜儿圆……"

二嫂知道那只蛋不是她的了，但是二嫂还是问了一句："大嫂，你丢的是鸡蛋还是鸭蛋？"

大嫂说："鸡蛋。我家的鸭子早就不下蛋了，妹子你真会开玩笑。"

二嫂没给大嫂那颗蛋。二嫂说："大嫂，你说得不对，如果你真的丢了蛋，那就再去别处好好找找。"

大嫂就变了脸，喷着唾沫星子骂二嫂："你才丢了蛋哩！不给拉倒，那只蛋你好好搿着吧，想吃你就吃，想摸你就摸。"

二嫂生了一肚子气。

大嫂走了，前院的三嫂来了。三嫂开门见山地说："二嫂，你在场里拾了一只鸡蛋？是白皮儿的吧？我家那只大红公鸡老是往大场里跑，老是往柴垛里下蛋……"

二嫂笑了。二嫂说：“他婶子，你家的公鸡也下蛋？”

三嫂说：“说错了，说错了，是我家那只白母鸡老往大场里跑，老在柴垛里下蛋——二嫂，谁说话也不是看着书本儿说，你就把蛋给我吧，我家孩子病了，就等着吃这只鸡蛋哩！”

二嫂知道这只蛋不是三嫂的，因为三嫂家压根就没有养着鸭子。她对三嫂说：“他婶子，这只蛋不是你的蛋，如果你的孩子病了想吃鸡蛋，就从我家里拿。”

三嫂嘻嘻笑了：“我说二嫂，不是我的蛋是你的蛋吗？那你留着、留着。”

三嫂扭头就走：“谁说我孩子病了？你的孩子才病了呢！”

二嫂又生了一肚子气。

为了不再生气，二嫂就又蹬着梯子上了房，喊给各位乡亲她在场里捡的不是一只鸡蛋而是一只鸭蛋，她说她那会儿把蛋看错了，现在予以纠正：一请大家原谅，二请失主前来认领。谁知不喊还好，这一喊村里就乱乱纷纷、闹闹嚷嚷的了。后院的大嫂说：“我的天！她一会儿鸡蛋，一会儿鸭蛋，好像那蛋是从她嘴里下的，她说什么就是什么，她说是人的蛋俺也相信？可耻呀可耻！”前院的三嫂说：“锣鼓听声，听话听音，其实老二媳妇什么也没拾，她是制造舆论、欺骗群众、表现先进。听说快选村长了不是？她想用这一个鸡蛋，换个一官半职，卑鄙呀卑鄙！”二嫂听了这些奇谈怪论，又气又急，脸红心跳，只在灯底下流泪，连门也不敢出了。

二哥知道了事情的来龙去脉。二哥批评二嫂说："活该！那么一只鸭蛋，你吃也吃了，扔也扔了，还张扬什么？你不去房顶上呐喊，谁能知道？放着自在不自在，看你怎么收拾这个摊场？"

一气之下，二哥从家里拿了两只鸡蛋，趁着满天月色走出门来。二哥先来到后院大嫂家里，满面含笑地亮出一个鸡蛋说："大嫂，货见本主会说话，看看这只鸡蛋是你下的不？"大嫂非常高兴，忙说："是呀是呀，别人家谁能下出这样的蛋来？"二哥把那只鸡蛋交给大嫂说："大嫂，我媳妇让我把鸡蛋悄悄地给你送来了。她本来知道这只鸡蛋是你的，但她当时多了个心眼儿，想看看还有哪个本来没有丢蛋而硬说自己丢了蛋的人去她那里要鸡蛋，结果还真有那么一个人……"二哥拍手大笑："不说了，不说了，再说下去就不好啦，丢人现眼不是？不讲道德不是？"

大嫂把话抢过来："兄弟，你不说了我也知道，这个不要脸的是老三家的！哼，她能从油锅里抓出钱来，她还叫个人吗？"

从大嫂家里出来，二哥又揣着另一只鸡蛋去了前院三嫂家里。

二哥如此这般地说了一番话后，又笑嘻嘻地把鸡蛋交给了三嫂。

第二天一大早，村里就热闹了：大嫂和三嫂先是站在街头相互揭对方的老底儿，然后对骂，然后就扑了上去打成一团。大嫂抓住三嫂的头发骂："你个不要脸的东西，看我今天打不烂你！人家老二家的本来是好人，你却污蔑人家想拿鸡蛋换村长，呸呸呸，数你卑鄙！”三嫂掐住大嫂的脖子骂：“你个黑心烂肚肠的人，看我今天撕不碎你！你本来没丢鸡蛋，却厚着脸皮去朝人家老二家的要，呸呸呸，狗尿你一嘴，数你可耻！”

二嫂跑出门来想去上前拉开她们，二哥吼道：“回去！”

三个女人两台戏

大姐叫大丫头，二姐叫二丫头，三姐不叫三丫头叫小丫头。

大丫头、二丫头、小丫头已经成了媳妇，成了妈妈，成了当家主事、说话算数、拿得起放得下的人。

话说农历正月十六，二姐二丫头提着水果、点心、牛奶、鸡蛋，兴致勃勃地到达大姐大丫头家里的时候，看见老三小丫头也在大姐家的沙发上坐着。二姐把脸一扭，只当没有看见她，然后放下手里的东西，张罗着要走。

大姐伸手把她拦住。

大姐说："走？你往哪里走？"

二姐说："走，我往我家走。"

大姐说："二丫头，你跋山涉水、风尘仆仆到我家干什么来了？"

二姐说："想你了，给你拜年来了，和你说话来了。"

大姐说："可是你和我说话了吗？"

二姐斜了一眼正在吃苹果的小丫头，她吃得又响又脆，吃得津津有味，吃得很舒服、很享受。

她还吃得旁若无人，好像没有看见她来了。

二姐悄悄地往地上啐了口唾沫："我呸！"

大姐冷了脸说："二丫头，想走你就马上走，把你拿的东西都带上；你也甭想我，你也甭给我拜年，我不是你姐姐！"

听了这话三姐很兴奋，噼里啪啦地鼓掌欢呼。

二姐怒了："小丫头，你高兴什么？你欢迎我走我偏不走。这是在大姐家里，不是在你家门口！"

二姐真的没走。二姐本来也不打算走。大姐怕她们两个继续斗嘴，特地站在她们中间说："大年正月，姐妹团聚，花好月圆，你们两个赶紧帮我包饺子。二丫头去东屋和面，小丫头去西屋剁馅儿——去年的皇历今年不能看，谁也不许再翻旧账了。"大姐的男人是村里的支部书记，大姐跟他长了本事，说起话来头头是道。

于是，一个和面，一个剁馅儿；一个去了东屋，一个去了西屋。

去年秋天，二姐和三姐闹过一场别扭，地点是在大姐家里。那一天，二姐、三姐也是来看望大姐，3 个人见面以后大呼小叫搂搂抱抱亲热得流了眼泪。说起家务事时，二姐说："俺那个教书匠总算一个好人，总算一个模范丈夫，早晨按点数起床按点数吃饭按点数开车上班，晚上按点数回家按点数看电视按点数睡觉，从不在外面喝酒，从不在外面过夜……”

三姐的男人在遥远的城市打工。三姐和男人一年四季难得见上一面，根本谈不到按点数做这个做那个。三姐心里很不是滋味。她觉得二姐这是在她面前炫耀幸福，炫耀骄傲。三姐不动声色地问：“二姐，你们时间性真强，你们两口子不管做什么事情都有点数吗？”

二姐说：“对呀，有啊。我们按部就班，到点儿就做……”

三姐笑了。三姐先是“哧”地一笑，然后大笑，然后拍着手哈哈大笑。

二姐马上明白过来，这小丫头原来是别有用心，她被她给耍笑了。

二姐后悔莫及，闷闷不乐。

做饭的时候，三姐说：“大姐，你看看表，到做饭的点数了吗？”

吃饭的时候，三姐说：“大姐，你看看表，到吃饭的点数了吗？”

二姐恼羞成怒，她把筷子一摔：“小丫头，你还有完没完，有了没了？”

三姐不以为然：“我没妨害着你呀，你还不叫我说话吗？”

二姐起身就走，大姐死拉活拽也没把她拉住。

半年过去了，她们三人又见面了。两个妹妹心存芥蒂，一见面就搞小动作，大姐心里隐隐作痛，觉得她这个大姐没有当好。

大姐来到东屋，问二妹妹面和得怎么样了。

大姐说："老二，宰相肚里能撑船，去年秋天的事情你早该忘掉。老三那句话本来是句玩笑话，你倒当真了。她是妹妹你是姐姐，姐妹之间无话不说，她有什么过错？"

大姐说："她是你抱大的，你是我抱大的；有位妹妹真幸福，没有妹妹咱们给谁当姐姐？"

大姐来到西屋，问三妹妹的馅子剁得怎么样了。

大姐说："老三，恕我直言，去年秋天的事情就是怨你，人家按点数上班按点数下班有什么不好？你男人也是按点数做活吃饭，没点数那不乱套了吗？"

大姐说："你是你二姐抱大的，有位姐姐是你的福气，有姐姐真好！"

大姐把两个妹妹拉到一起包饺子，大姐站着包，妹妹们坐着包。

大姐说："你们两个好好听着，我昨天晚上梦见咱娘了。咱娘和我说：二丫头脾气犟，认死理；小丫头心眼儿多，好搅和。娘已经去世 8 年了，还惦记着……"

二姐赶紧问："大姐，咱娘没说你什么吗？"

大姐说："说啦，咱娘说数我没出息，白当姐姐了。"

大姐流泪了，泪珠包在饺子里，一滴一滴，一颗一颗。

这一天两个妹妹都没走，晚饭以后二妹在院里给大姐跳舞，三妹在院里给大姐唱歌。她们说："晚会现在开始，献给我们的大姐。”

大姐站在一边看了这个看那个。她给她们拍巴掌，打节奏。月亮明媚，星光闪烁。

| 仇　气 |

姐姐叫桃儿，妹妹叫杏儿；桃儿比杏儿大了 3 岁，是娘相挨着生下来的。

桃儿长大了，嫁给了鸭梨村的范明，范明是生产队的队长；杏儿长大了，由桃儿做媒，嫁给了鸭梨村的范亮，范亮是生产队的会计。范明、范亮虽然不是亲弟兄，却是邻家，却在同一个生产队。有话说远亲不如近邻，桃儿、杏儿既是近亲又是近邻，姐妹俩相好得花好月圆，跟一个人似的。

她俩好，当然他俩也好，他俩也好得花好月圆，跟一个人似的。

日出日落，春风秋雨，眨眼间桃儿的儿子已经 8 岁，杏儿的女儿已经 4 岁。

那天晌午，队长范明挨家挨户地通知大家，说上级支援了鸭梨大队 20 个新书包，救济正在读书上学的孩子；鸭梨大队正好有 20 个生产队，一个生产队正好分到一个新书包。范明说：

“狼多肉少，咱们队有16个上学的孩子，家家都很困难，家家都缺吃少喝，你说这个书包给谁还是不给谁？”范明说：“你们快去队部抓阄儿吧。谁抓到了那个画着书包的阄儿就算他运气好，这个书包就给谁；谁抓不到怨他手臭，他就自认倒霉！”

桃儿抓到了那个画着书包的阄儿。桃儿很高兴，她的儿子正上小学一年级。

杏儿也很高兴。杏儿祝贺桃儿说：“姐，那书包真新鲜真漂亮，万绿丛中鲜红一点，挺好看的一个五角星！”

桃儿说：“杏儿，要是你喜欢，就把这个书包给你吧。”杏儿说：“我可不要，我们用不着，我家闺女还小哩。再者说啦，咱们两家谁跟谁，你的还不是我的，我的还不是你的？”

桃儿高兴杏儿高兴，当然也有人不高兴。有的女人说桃儿为什么拿到了那个新书包？那是范明捣了鬼，范明在那个纸阄儿上做了记号，所以桃儿才能称心如意；有的女人说人家是队长啊，队长不偏向自己的老婆孩子偏向谁？咱又没给人家做贡献，拿不到书包是应该的。正好这话叫杏儿听见了，她就蹬着梯子上了房，黑了一张脸杂七杂八骂了开去。

杏儿骂：“那些造谣生事、挑拨离间的女人们听着：拿不到书包你们眼红你们生气啊？气死你们！那天的阄儿是我家范亮做的，和范明根本没有关系，他做什么记号？他在你们身上做记号啦？还什么什么做贡献，你做贡献人家要你？”

桃儿从房顶上把杏儿拉了下来。桃儿说：“妹子，别骂了，那天拿阄儿我拿的最后一个，别人不拿了我才拿，我不怕别人说什么。”杏儿说：“姐，你也别生气别上火，人们都穷疯了穷死了，你不花钱就能得到一个新书包，人家能不羡慕嫉妒你？”

说话到了第二年，鸭梨村的人们都普遍地长了一岁。

那天晌午，队长范明又挨家挨户地通知，说上级救济了鸭梨大队一些布头，我们生产队正好分到六尺，这六尺布正好是蓝花的。范明说：“狼多肉少，咱们队有 30 多户人家，家家都很困难，都缺吃少穿，你说这六尺布给谁还是不给谁？”范明说：“你们快去队部抓阄儿吧。谁抓到了那个画着一朵花的阄儿算他运气好，这六尺布就给谁；抓不到怨他手臭，他就自认倒霉！”

桃儿又抓到了那个画着一朵花的阄儿。桃儿很高兴，欢呼雀跃的样子。

杏儿也很高兴，也是欢呼雀跃的样子。杏儿祝贺桃儿说：“姐，这六尺布真漂亮、真实惠，给小闺女们做身衣服那是锦上添花——你是怎么拿到的？”

桃儿说：“妹子，我是瞎猫碰见死老鼠，赶对点儿了呗！”

杏儿还眼巴巴地等着姐姐往下说什么，可是桃儿把话打住了。

第二天杏儿又来了。杏儿说：“姐，可是了不得啦，我家那个死妮子又哭又叫又打又闹，非要让我给她做身花衣服，还非要蓝花的！”

桃儿在心里笑了。桃儿想：杏儿呀，你别遮遮掩掩的啦，是你想要这块花布，给孩子做身衣服吧？桃儿说：“妹子，那你就给她买块蓝花布，别委屈了孩子。”

杏儿长长叹了口气：“姐，你是站着说话不腰疼，我家哪有钱呢？”

桃儿拉住杏儿的手：“妹子，那六尺花布我已经裁好了，正好够我做一件褂子。我这一辈子还没穿过花衣服，这一回我也穿上试试。”

杏儿甩手走了。

杏儿走了，闲言碎语潮水般地来了。有的女人说她瞎猫碰见死老鼠，我们怎么碰不见？上一回她就碰见了死老鼠，这一回她又碰见了死老鼠，她是卖老鼠药的呀，明摆着是范明队长捣了鬼！有的女人说她没穿过花衣服，谁穿过花衣服？她穿上花衣服叫谁看？叫过路的野男人看还是叫她老公公看？呸，破货！

桃儿很希望杏儿站出来，把这些流言蜚语反驳回去，可是杏儿哼哼也没哼哼。

这天夜里桃儿和男人说：“奇怪呀，杏儿有七八天不到咱们家里来了，原来一天能来七八次！”

男人说：“你还提她？街面上那些杂七杂八的话都是她放出去的，她都恨死你了！”

桃儿说：“不应该呀，这一次分布又是她男人范亮做的阄儿，我又是最后一个拿的阄儿，她为什么恨我？”

男人说：“你也别提范亮了，他骂了我祖宗，好大仇气！”

俺的老汉

腊月里搞文艺活动，县文化馆馆长周金山给他的家乡沟里村编写了一个小节目，名字叫作《四个姐妹夸老汉》。节目采用表演唱的艺术形式，由甲乙丙丁四个姐妹扭上台来，然后边舞边唱，个人夸个人的老汉。其中甲的老汉是位腰缠万贯的矿山老板，乙的老汉是位叱咤风云的包工头目，丙的老汉是位左右逢源的企业家，丁的老汉是位经营有方的饭店经理。周金山特别强调：这个节目必须动作协调、表演到位，必须满怀喜悦、激情四溢；如果演好了，必然能在全县的文艺会演中拿到大奖，让沟里村剧团在县城露一鼻子。

村剧团立刻挑选了四个女演员进行排练，团长张翠兰亲自担任导演。可是事与愿违，演员们在进行排练的时候表现很不理想，不但没有激情，动作也很僵硬，像小学生做操一样机械。尤其是那个名字叫作赵喜荣的演员，一脸的呆板和茫然，一开口就把戏词唱错，唱错了还不以为然。

赵喜荣已经45岁，是村里最有舞台经验表现最为出色的演员。

张翠兰沉下脸来说：“赵喜荣，你怎么会是这样？”

赵喜荣说：“你叫我怎样？”

张翠兰说：“你扮演的是姐妹甲，你的男人是老板，你应当唱出你的幸福和骄傲、唱出你的美满和甜蜜。”

赵喜荣说：“张团长，可是我的男人杨老万是个放羊的。”

张翠兰说：“你现在是演员，不是现实生活中的杨老万的老婆赵喜荣，你把你的唱词念一遍。”

赵喜荣拿过剧本说：“念就念，你听着！俺的老汉叫李老盼，聪明机灵有手段，他在铁矿当老板，一年能挣上百万！俺出门就坐小轿车，回家就吹电风扇。俺的小楼3层高，还有一座四合院。俺嫁了这个李老盼，梦里笑醒了几百遍。”

张翠兰说：“还是呀，你有这么好的男人还不够满足，还不够荣耀，还不好好夸奖夸奖？”

结果重新排练。鼓乐一响，赵喜荣还是满脸的迷惑和茫然，还是把唱词唱做了“俺的老汉叫杨老万，他是一个放羊汉。”张翠兰正要大发脾气时，赵喜荣抽身就走，边走边说：“对不起，我不演了，本人退出村剧团！”

张翠兰感到十分奇怪：因为赵喜荣不是轻易言退的性格。

张翠兰知道赵喜荣爱吃红薯，晚饭之后提着一兜煮熟的红薯来到赵喜荣家里。张翠兰说：“大嫂，今天是我态度不好，我不该对你发那么大的脾气！”说着话就把一块热乎乎的红薯剥了皮，送到赵喜荣手里。赵喜荣笑了说：“妹子，你态度不好我理解，你是为了村剧团。只是我不愿意演这个角色，那个凭空捏造的李老盼离我太远，我对他没感情。”张翠兰说：“大嫂，这是戏，唱唱而已，又不是让你和他结婚。”赵喜荣说：“我唱我自己的老汉杨老万不行吗？我家老万勤劳致富，奉公守法，把村里的乡亲当作自己的爹娘看待，我很想为他唱支赞歌。”

赵喜荣这么一说，张翠兰的脑子里就亮了一道闪：那杨老万诚实热情，厚道和善，虽是一个放羊的汉子，却能够扶危济困，默默地为村里做了许多好事。张翠兰说：“大嫂，老万大哥人品好，事迹好，当然可以歌唱，只是咱们写不了唱词……”赵喜荣说：“老万是什么样的人，我就写什么样的词，女人唱不了自己的男人，不是白做了夫妻？”

一眨眼的工夫，赵喜荣从抽屉里拿出一页纸来，张翠兰凑过去一看，纸上写的正是歌唱杨老万的唱词。那词道：俺的老汉叫杨老万，他是一个放羊汉，别看浑身羊膻味，为人处世是模范。胆壮他敢讲正义，心善他把好事办。他挥鞭不怕风和雨，怀抱羊羔睡羊圈，俺嫁了这个杨老万，梦里笑醒了几百遍。

张翠兰看得高兴，热烈地拍着巴掌说：“好，好，你把老万大哥写活了。”

赵喜荣说：“妹子，那我就唱它？”

张翠兰回答：“你就唱它。”

张翠兰答应了赵喜荣，第二天排练的时候又出现了新问题：那乙丙丁3个女演员坚持向赵喜荣学习，都要歌唱自己那个老汉。张翠兰说：“嫂子们，你们的老汉一个是收破烂的，一个是当清洁工的，一个是看山护林的，你们有词吗？”回答说：“有，没有我们可以现编。”张翠兰说：“你们编得了吗？”3个女演员回答说编得了：“俺的老汉离俺最近，俺用自己的心编，俺用自己的感情编。”

她们很快就把唱词编出来了，而且编得鲜活形象、生动朴实。

张翠兰给周金山打了电话，向他说明了这个情况。周金山说：“你们不演我编的节目，我让城关镇演。不过人家要是在会演中拿了第一，你们可别后悔！”

过了年到了正月。正月十五全县举行文艺会演，城关镇和沟里村剧团分别演出了两个不同版本的《四个姐妹夸老汉》，结果沟里村大获全胜，荣获第一。评委们都很兴奋，都很激动。他们的评语是：自己的女人演唱自己的男人，真人真事真感情，看了让人真感动；普通人讴歌普通人，台上台下零距离，观众感到很亲切；建设和谐社会，我们首先要有一个相敬相爱、幸福美满的家庭。

那时候就是那时候

那时候就是那时候。

那时候沟里村有132户人家568口人，因为村子所处的位置特别偏僻，特别山沟，所以叫作沟里村。

那时候沟里村只有一台电视机，还是17英寸的，还是黑白的；可是就因为拥有这样一台17英寸的还是黑白的电视机，沟里村就有了故事。

沟里村有电视机的户主名叫李银兰，是位42岁的女人。李银兰和她男人赵小尚都是在家种地的，按理说也买不起电视机，可是李银兰的姐姐是个挣工资的干部，人家家里换成彩色电视机了，就把这台黑白的替换下来，送给了妹妹。按照姐姐的指导和嘱咐，李银兰先在自己的房顶上拴了天线，然后接通电源，然后开机，然后调台，然后屏幕上就出现了戏剧，出现了电影，出现了晚会，出现了各式各样的吹拉弹唱，真是想看什么有什么，要看什么看什么。

一家人非常高兴，禁不住欢呼雀跃："我们看上电视啦，我们成了神仙啦！"

李银兰是个热心人，她告诉赵小尚："你去大街上喊几声，就说咱们家里能看电视节目了，现在正演《西游记》，有唐僧孙猴子猪八戒白骨精等等，谁要愿意到咱们家看电视，请他们带上座位，咱们拍着巴掌欢迎。"

小尚很听话，那天吃了晚饭他就来到了十字街口。他扯起嗓门在大街上喊呀喊呀，喊他家里有了电视，电视上正在播放唐僧西天取经的事情；喊欢迎大家到他家里去看电视，可别忘了带上椅子、板凳。那时候沟里村的人们哪里看过电视呀，所以一听到消息，家家户户欢欣鼓舞、扶老携幼往李家赶来，街面上儿呼娘喊，人影幢幢，脚步匆匆。

星光月影下，一个叫张秀玉的女人问小尚："兄弟，你别吆喝啦，乡亲们都去看电视，你们家里盛得下吗？"

小尚说："大嫂，没问题，我们早把电视机搬到院子里了。我们家院子大……"

女人说："你们卖票不？你们是为了挣钱吧？"

小尚笑了："大嫂，我们不卖票；我们是请乡亲们到家看电视。"

女人说："哟，那你们为了什么呀？"

小尚说："也不为什么，让乡亲们放松放松、乐呵乐呵吧。"

果然，第二天沟里村的乡亲们很兴奋很激动，见了面谈论的都是电视，都是电视上的《西游记》，都是《西游记》里的唐僧八戒孙悟空。他们觉得李银兰这一家人心眼儿真好，自己有了电视，不忘全村子的父老乡亲，结果瓜子皮、烟屁股给他们扔了一院子，还得让他们亲手打扫，真是于心不忍。

于是有人给李银兰送去几根黄瓜，有人给李银兰送去几把豆角，还有人张罗着给李银兰的儿子说媳妇，意思是表达一下谢意、表达一下心情。

这些都被秀玉看在眼里。

秀玉心里很不舒服：你们为什么光给她送东西不给我送？你们为什么光给她儿子说媳妇不给我儿子说媳妇？

秀玉心里很是气愤：她这不是用电视收买人心，抬高自己打击别人？

秀玉心里很是嫉妒：她不就是有了那么一台破电视吗，她可真会卖弄！

这天晚饭以后秀玉和男人说："听着，你不能再去凑红火，再去他们家里看电视！你就不能给咱家里买台电视机吗？你看人家多么骄傲，多么猖狂，多么有人缘，多么威风！"

男人有些烦："人家是人家，咱们是咱们；咱们买得起吗？"

秀玉说："买不起也得买，我容不得别人往我眼里插棒槌！"

男人问道："拿什么买？拿屁买？拿你买？"

秀玉一巴掌打过去，男人的鼻子里就流出血来，点点滴滴，淋淋漓漓。

正在这时候赵小尚的嗓门又在街面上嘹亮起来，呼喊人们去他家里看电视。

几天之后，万万想不到的神奇的事情发生了：那天傍晚，秀玉的嗓门在街面上嘹亮起来。

秀玉激情澎湃地喊："乡亲们，欢迎大家到俺家里看电视。俺家的电视尺寸大、样式好，而且有红有绿、大红大绿，绝对是彩色的！"

秀玉斗志昂扬地喊："乡亲们，快来啊，俺家的电视也会演《西游记》，也有唐僧八戒孙悟空——俺还给大家准备好了座位！"

沟里村一下子沸腾了：有人说彩色电视当然好，一来鲜亮，二来清楚，三来真实，可比黑白的上档次；有人说这个张秀玉真是非常了不起，说买就买了一台彩色电视机，这个人真是有本事；也有人悄悄地传出话来，说秀玉的电视机是从县城亲戚家借过来的，她给人家说了许多好话，又给了人家不少土特产，人家只答应借给她一个星期……

这一天银兰和秀玉在街面上见面了。她们是亲妯娌俩，张秀玉是嫂子，李银兰是兄弟媳妇。

两个人满脸灿烂，都是笑嘻嘻的。

秀玉问："他婶子，这几天到你们家看电视的人还是那么多吗？"

银兰说："大嫂，你是明知故问，你们家里不是有了彩色电视机？”

秀玉拉住银兰的手，哈哈大笑说：“他婶子，我以为你得风光一辈子……”

银兰浅浅一笑，抱住秀玉的肩膀说：“大嫂啊，今天是星期几了？过了这个星期就是下个星期。”

男人的钱

村里人吃晚饭的时候，男人和女人扎扎实实吵了一架。

男人从地里干活回来，带着浑身的疲累，拖着沉重的脚步，满指望进家之后有一碗热汤热饭，填填饥肠辘辘的肚子，去去浑身的风寒。已经是霜降节令，那一天飘摇不定的细雨打湿了他的衣服，他真的又冷又饿，腰疼腿酸。

他中午就没吃饭。他干活的地方离村子很远，他嫌来来往往的，耽误时间。

可是女人没有在家，屋里冷锅冷灶，凉筷子凉碗，还有遍地鸡屎，一撮一撮，一摊一摊。

他想喝杯开水暖暖身子，暖瓶空空如也，倒出来一股凉风、满腹心酸。

女人回来了。女人是跑步回来的。女人见了他满脸笑容，满脸灿烂。

女人说：“对不起，我去玩儿了一会儿，紧跑慢跑，还是回来晚了。”

女人所说的“玩儿”就是打麻将。女人是个麻将迷，玩儿起麻将来雷打不动，一屁股能把板凳坐穿。

女人说：“他爹，我今天运气好，赢了几十块钱。”

女人说：“他爹，我知道你冷了饿了，我现在就给你做饭。”

他最反对女人打麻将，也最痛恨女人打麻将。人家的女人家里地里针线婆活都特别能干，都特别能给家里创造财富，而自己这个女人除了能打麻将，别的活儿基本上不干；不但不干，麻将桌上她还欠了不少饥荒，常常有人找上门来朝他要钱。

他有些激动地说：“你赢了几十块钱，你已经输了多少钱？你说呀，前前后后，林林总总，你已经输了多少钱？”

女人笑了笑，开始刷锅。

他有些生气地说：“你运气好，你本事大，你别回家你别吃饭，你接着往下打，打它个鸡叫天明，再打它个日落西山！”

女人又笑了笑，开始点火。

他愤怒地说：“你看看咱家这个摊场，桌子上都是尘土，地上都是鸡屎，还有一屁股饥荒，要是你爹你娘来了，他们丢人不丢人、现眼不现眼？”

女人一下子阴沉了脸：“你放屁，这和我爹我娘有什么关系？”

他们就是这样吵起来的，并且越吵越凶，越吵越激烈。吵到后来女人就把灶膛里的火弄灭了，不做饭了。女人说：“饿死你活该！我还去打麻将，我还接着输，我还接着借钱，气死你！”

女人再回来的时候已经是凌晨两点。女人的眼已经困得睁不开了，摸进屋里，倒头便睡。仿佛听得外面的雨又下大了，淅淅沥沥，缠缠绵绵。

朦朦胧胧中，女人忽然发现了一个大问题：她觉得身边凉飕飕的，少了往日的温暖，用手摸了摸，原来躺在床上睡觉的只有她自己！男人呢？哎呀，男人呢？是不是因为恶狠狠地吵了一架，因为那些饥荒，男人跑了？跑了倒也不怕，跑了还会回来；就怕他一时想不开……

女人拉着灯坐了起来。夜沉沉，风凄凄，雨打房檐，单调而又孤寂。没有男人还有女人吗？没有男人还有家吗？女人想起男人的许多好处许多温情许多体贴来，眼里有了明晃晃的泪水：男人是好男人，在村里没人说他的不是；可自己和别的女人比起来，是不是差了一大截子？不说别的，为了打麻将，男人的饭都吃不好：有时候生，有时候熟；有时候冷，有时候热；有时候忘了搁盐，有时候忘了搁油；有时候很不及时。

恰恰男人从不挑剔！

女人想去找男人，可是深更半夜，雨水连天，去哪里找他呢？

女人看见了桌子上的尘土，看见了屋地上的鸡屎。那东西真刺眼，真难看，真给她丢人，真给这个家丢人！想起自己在娘家做闺女的时候，很讲究干净，很讲究整洁，“眼里下不去一粒沙子”。女人忽然不困了，女人想，反正男人没在家，我现在就打扫这些脏东西。

男人是在第二天上午回来的。男人回来的时候手里拿着一把伞，身上穿着的棉大衣却被雨水淋透了。男人告诉她：昨天下午从城里来了一帮开矿的人，拉来了不少机器和工具，他们怕挨雨淋，晚上又都返回城里去了，不知怎么打听到他老实厚道，就找上门来请他给他们值夜班，看摊子。男人说："因为走得太急促，也没和你打招呼，披上大衣就去了山里……"

女人说："你走的时候没吃饭？"

男人说："没，那时候刚吵了架，家里也没的吃。"

女人说："你昨天夜里没睡觉？"

男人说："没，给人家守夜不敢睡，也没地方睡。"

男人脱掉大衣，从怀里掏出来200块钱，颤颤地递到她的手里。男人说矿上的老板真有钱真大方，他淋着雨值了一个夜班，老板就给了他200块钱。男人说："你拿这钱还饥荒去吧，还一点是一点，省得人家追着屁股朝咱要，弄得脸红脖子粗的。"

男人忽然发现地上光洁了，屋里亮堂了。男人笑了，说："昨天吵架是我的不对，是我先发的火，我想了整整一夜，我不该伤害你的自尊。"

女人抱住男人哭了又哭，泪水打湿了男人的胸脯子。

女人再也不打麻将了。女人说："男人的钱，是用性命换来的！"

让人一步

沟里村 62 岁的梁成老汉又找了一位后老伴儿。后老伴儿一家伙比他小了十来岁，长得大高个儿，白净脸，双眼皮，说话也挺好。村里街坊邻居都给梁成来贺喜，祝贺他老了老了又找了一位年轻漂亮的好媳妇。梁成也连连点头，连连对贺喜的人们说："好好好，你们说好那就好，你们说妙那就妙。"可是，他转过身来心里就有一种酸楚，就有一种苦涩，就由不得念叨："好什么好，妙什么妙，你们又不是当事人，我心里的苦楚你知道？"

老伴儿去世以后，梁成本来不打算再找什么女人，心想安安稳稳凑凑合合过几年算了，可是他受不了天复一天的有时候刮风有时候下雨、听起来热闹而实际更加凄惶的孤独和寂寞：儿子和媳妇都在遥远的地方打工，孙子也跟了去到那里上学。他还不会做饭，他做的饭忽生忽熟忽硬忽软，做菜有时候忘了搁盐，有时候忘了搁油，越吃心里越烦，越吃心里越恼，有一次竟把饭碗扔到一边，趴在床头，哭得一塌糊涂。

所以这个女人来了。这个女人给他洗衣做饭，给他养鸡喂猪，给他打扫庭院，给他缝缝补补；夜里陪他说话，说着说着，他就打起了呼噜。

梁成想：还是有个女人好，日子过得滋润。

可是老汉很快发现了这个女人的毛病：倔强，固执，没理犟三分，永远也不服输。

比如说，那天晚上他披星戴月劳累不堪地从地里回到家里时，女人已经坐在餐桌前吃饭，而且一口菜一口饭，吃得自在潇洒，吃得旁若无人。老汉说："哎呀，我还没有到家你就吃饭，你不会等等我再吃？"女人说："奇怪，你不在家我就不能吃饭？我为什么非要等你？我吃完饭还要去广场上跳舞，哪有时间等你？"他说："这是我们家的规矩，你还不服不是？"女人说："什么狗屁规矩，呸，呸！"

两人乒三乓四吵起来，个个义愤填膺，差点掀翻桌子。

那一夜梁成把泪水悄悄地流在被窝里，他那个亲老伴儿可不是这样的。她心地善良，温柔贤惠，自始至终把他看作家里的"老天爷"，时时事事听他的。他不回家，她绝对不会自己一个人坐在那里吃饭，哪怕等到鸡叫天明；他回家以后，她双手把碗端给他，保证第一碗饭是他的。

比如说，有一次洗碗时女人摔碎了一只碗，他很心疼地说："你看看你看看，大意失荆州，以后干活儿小心些。"女人反驳说："我摔了碗是因为我刷碗，你不刷碗你当然摔不了碗。"

他说："我的天，犯了错你还有理？"女人说："我又没偷没抢，我犯了什么错？"两个人又乒三乓四吵起来，个个义愤填膺，差点儿掀翻桌子。

而原来那个老伴儿绝对不是这样。那个老伴儿也曾经摔碎过碗摔碎过盆儿，结果一边掉泪一边哭，觉也睡不安生，饭也吃不下去。

要命的是，每次吵了闹了，两个人就成了仇人，就要别扭好几天。他也不和她说话，她更懒得搭理他。两个人沉默无语，各行其是，在郁闷惆怅的气氛中，晚上的灯光都是黑的。

比如说……不再比如说了，事例不胜枚举。

且说今天。

今天是农历猴年的三月初三，沟里村过庙会。晌午时分梁成家里来了七八位亲戚，老汉便说说笑笑地陪着他们抽烟喝茶，女人便紧锣密鼓地张罗饭食。吃饭的时候老汉发现那个西葫芦炒鸡蛋味道太淡，有心质问女人一句"你是干什么吃的"；但他看到酒席桌上喜气盈盈，又看到女人跑前跑后满脸汗水，就把话咽了回去。夜里睡下之后，微风习习，花香悠悠，春天的夜是非常温馨的。

女人忽然说："老汉，对不起，今天那道菜忘了搁盐，给你丢了脸面，我该死！"

梁成心里一震。女人来到他家之后，都是她如何如何有理，从未这么谦虚。

女人说：“我把事情做错了，你为什么没有闹腾我，还有说有笑、欢天喜地？”

梁成心里一热，说：“我闹腾你干什么？我自己做饭做菜时手忙脚乱，常常忘记了搁油搁盐；今天客人多，乱哄哄的，你什么都没耽误，你很不容易。”

女人心里一颤。这老汉是醒悟了、进步了，是明白了事理。

女人悄悄地又是突然地吻了一下梁成的额头：“老汉，你能这样说，我很高兴。有话说：将心比心，黄土成金。”

梁成很舒服很享受：“对对对，有话说：让人一步天地宽，不烦不恼是神仙。我糊涂，我以前怎么没有想到呢？”

女人想：“你能想得到吗？你光想你那个女人呢。女人却笑了，说：“不晚不晚，咱从今天开始，保证甜甜蜜蜜。”

梁成想：我的天，这个女人也不赖呀，也够通情达理的。他也笑了，说：“你说不晚就不晚，听你的。”

男人和女人不一样

吃早饭时，老栓和女人吵了几句嘴，女人一气之下就去了闺女家里。

其实事情不大，值不当得动气。

农历八月，秋风凉了，早晨起炕以后，老栓就蹲在院里磨镰刀，准备吃饭以后去地里割谷子。女人也不怠慢，先把奶锅坐在炉火上，然后走出大门去买油条；可是等她提着油条回来时，奶锅里的奶早把锅盖掀翻了，白花花的奶汁溢得满世界都是，而老栓正坐在磨石旁边的木凳上悠悠地抽烟，脸上映着满脸的朝阳。

女人抱怨老栓说："木头！你就不知道看看锅里的奶，好像你不是这个家里的！"

老栓不服："你告诉我给你看着奶锅啦？奶瞎了，自己不做检讨，还想把责任推给我，看把你能的！"

女人说："我没告诉你你就不知道看一看？你是 3 岁的孩

子呀？我能还是你能？我能我早就不伺候你啦，我能我早就在城里找个上班的！”

老栓说：“死了张屠户，不吃活毛猪，你不伺候我拉倒！你去呀，你去到城里找个上班的去呀，只要人家要你！小家子败气，看你那副脏样！”

女人心里一痛，眼里哗地流出泪水：“你嫌我样子不好，我走！你看不上我呀，呸，我还看不上你！”

老栓说：“想走你就走，你走了我倒清静些，你走了我保证不想你！”

两个人都是50来岁的年纪了，又在一条炕上睡了20多年，这个时候如果有人拉一拉、劝一劝，也就化干戈为玉帛，悄无声息地没事了，可是他们两个住的是村头的一处独院，儿女不在身边，街坊邻居又离得比较远，所以老栓的女人一路顺风地来到了闺女家里。女人想：这回我总算逃出来了，我得在这儿住8年，看哪个鬼着急。

两天以后的早晨，老栓的儿子来找老栓吃饭。自从女人走了之后，老栓就告诉住在村里的儿子说：“你舅舅大概是身体不好，你娘急急忙忙回娘家去啦，我这一辈子没有做过饭，先在你家里吃几天！”儿子说：“爹，别说吃几天，您在我家吃一个月的饭都行！”老栓说：“我要是吃一年呢？”儿子说：“没问题，两年我也伺候你。”

儿子笑着说：“爹，走吧，咱去我家里吃饭。”

老栓说：“你走吧，我不想去你家里吃饭了。你家的饭不好吃……”

儿子一惊：“爹，咱吃的可都是大米白面呀！”

老栓说：“大米白面，没滋没味。”

儿子说：“咱炒的菜好，蘑菇炖肉，西葫粉条。”

老栓说：“缺油少盐，淡溜不唧。”

儿子说：“那我给你煮牛奶、买油条。”

老栓说：“你煮的牛奶就像搁了醋，酸得呛嗓子。”

儿子说：“那我给你熬小米粥、烙油饼……”

老栓说：“你熬的粥就像搁了卤，稠稀不匀，又苦又涩。”

儿子说：“我从饭馆里给你买。”

老栓说：“那更不行，饭馆里的饭脏得吃不得。”

这也不行，那也不好，儿子想来想去想不出个所以然。早晨的太阳升起来，霞光映进屋子里，老栓的脸板得像一块生铁，丝毫没有可以通融的意思。

儿子说：“爹，你是想我娘了吧？”

老栓肩膀一抖，蓦然抬起头来：“谁说我想她啦？我没见过她。”

儿子说：“爹，我吃了饭就接我娘去，咱们先吃饭去吧。”

老栓说：“大胆，你敢给我接她去？不过看你一片孝心，我就再跟你吃一顿去。”

这个时候在闺女家里，闺女和娘已经吃了早饭，娘在院里帮着闺女洗衣服。

娘说："丫头，我来了几天啦？"

闺女笑了："娘，你才来了两天。"

娘说："不对吧，我觉得好像有两个月啦。昨天晚上我做了一个梦，梦见你爹喝凉水，你说他那身子骨能喝凉水吗？"

闺女说："娘，那是梦，梦又不是真的，你就安下心来在我家里住着吧。"

娘说："住我倒是愿意住，住在这里省心呀！丫头，你说怪事不？我这左眼皮老是蹦蹦地跳，跟响雷打闪一样厉害，像敲锣打鼓一样闹腾。"

闺女说："没事。娘，我这眼皮也常跳。"

娘说："你跳俺跳不一样，你跳你守着家哩。"

闺女说："娘把话说远了，这儿还不是你的家吗？"

娘说："是倒是是——丫头，你们这衣裳怎么一点儿也没有汗腥气？你爹一出一身汗。"

闺女说："那多难闻，你给我爹把衣服换勤点儿。"

娘说："闻惯了也不难闻，香喷喷的。"

闺女很响亮地笑起来："娘，你真逗！一个人出的汗，怎么还会香喷喷的？"

娘暗暗叹了口气，洗衣服的手慢了下来，有一下没一下，神态愣愣怔怔的。

娘忽然立起身来："丫头，我听见你屋里电话响，响了半天啦！”

闺女说：“没有呀，我没听见呀。”

娘说：“有！你耳朵不好使。”

娘几步跑进屋子里，抓起电话讲起话来。

娘从屋里出来后满面焦虑地说：“丫头，大事不好啦，你爹给我打电话说，家里的猪不吃食啦。”

闺女说：“娘，你别着急，猪不吃食怕什么？又不是人……”

娘不高兴了：“丫头，猪是钱买的呀！你爹不吃食可以，猪不吃食不行！我走啦，我一会儿也待不住啦，这衣裳你自己洗吧。”

闺女把娘送出门外，看见娘慌慌张张走远了时，才突然想起来，娘和爹两个人过日子，他们根本就没有喂着猪。

老夫老妻

三嫂喊三哥的时候总是没有主语，信口就喊，喊得嗓门嘹亮，韵味悠长，听起来如诗如歌，情意绵绵；而三哥自是心有灵犀，也根本不需要什么主语谓语，只要听见那声音那味道，就高声作答，且照样答得嗓门嘹亮，韵味悠长。日子久了，村里就有了一个研究会，说三嫂和三哥这种现象是情的深化，是爱的释放，是盼见而不见，是想你没商量。

比如家里没水了，三嫂便立在临街的大门口喊："哪儿去啦？哪儿去啦？家里缸干啦，锅里冒烟啦，日头出山啦，该把水担啦！"

三哥听见就笑，就立在那里回答："听见啦听见啦，别喊别喊，时间不晚，我马上回去，把水瓮灌满！"

村庄不大，小桥流水，青山如黛，于鸟语花香的境界中，这呼应竟成了一道亮丽的风景，听得人心情愉悦、耳目酣畅、大长精神！

倘有一天不喊（当然不只局限于担水的事情），研究会的人就说：“老两口是闹了别扭。”这时候如果去问三嫂：“三嫂，三哥哩？”三嫂就答：“那个老鬼，灰哩，欺负人，不待搭理他！”如果去问三哥：“三哥，三嫂哩？”三哥就答：“那货，头发长、见识短，跟我摔筷子摔碗，我岂能怕她？”

研究会的人做过统计，并把最近几年统计的结果提供于我：1994年，三嫂共有10天没有呼喊三哥；1995年有8天；1996年有5天；1997年到我回到家乡的4月2日，三嫂天天呼喊三哥，没有不曾呼喊的日子。

研究会的人对这种递减现象很感兴趣。他们说：“姜是老的辣，夫妻老的甜，三哥三嫂都是年过花甲的人，脾气秉性如同孵蛋的母鸡一般绵善，紧和睦慢和睦还嫌日子短呢，还别扭什么？”

也不缺吃啦，也不缺穿啦。

也不缺钱啦，该有的都有啦。

我曾经无数次地听见过三嫂呼喊三哥，有问必答，因此我也曾经无数次地听见过三哥回答三嫂，但人不在跟前，印象都不大深刻。今年春天就赶巧了，当三嫂呼喊三哥回家吃饭的时候，我正好在三哥身边，全部过程包括各种细节我都知道。

那一天，田野里麦苗碧绿，春风绵柔。三哥锄地锄累了，就坐了一只鞋子在田埂上休息。他面前一渠流水，头上满树桃花。点了一支烟后，老汉就像是醉了，眯起眼听树上的声声鸟叫，敞开怀晒干胸脯上的点点泥巴。

不偏不倚，三嫂的嗓子这个时候在村头嘹亮起来："哪儿去啦？哪儿去啦？热乎乎的天气你还干呀，不知道回家吃午饭呀？今儿晌火我给你擀的面呀，再不回来就煮烂呀！"

三哥舒服得晕晕乎乎，且不做答。

三嫂便继续嘹亮："你是真的听不见呀？我给你切了黄瓜剥好了蒜呀，还有西红柿豆腐和鸡蛋呀，吃了喝了你再接着干呀！"

三哥用手指了指，让我藏到了那棵大杨树的背后。

一路里喊来，三嫂提根冒着青烟的烧火棍子，终于寻找到了三哥跟前。看见三哥笑眯眯的样子，三嫂冷了脸道："老鬼，叫你发灰，叫你发灰！喊你半天你给我装聋作哑，和哪个老妇女在这儿谈恋爱哩？"

三嫂手里的棍子指划得厉害，却无一次落下，反倒摘走了老汉脑壳上的那片桃花，抚落了老汉胸脯上的那儿点泥巴。

三哥说："不是老妇女，是个大姑娘；老妇女老茄包子了，我哪儿看得上她？"

三嫂说："大姑娘？你还小蜜哩！也不看看你那黑不溜秋的憨样儿，吓也把人吓煞！"

三哥说："情人眼里出西施，反正有个女人想着我！"

三嫂说："哪个女人呀？看我撕不烂她的嘴！"

三哥说："她这不是来啦？叫我回家吃饭，吆喝什么切了黄瓜剥了蒜，还有豆腐和鸡蛋！"

三嫂说："你呀你呀，你这条老狗！"一伸手把三哥拉起来，扶了三哥的肩头就走。

这时候我才恍然记起，三哥的小名原是叫作狗的。

有意呢，无意呢

他们老两口同岁：老汉 58 岁，老婆儿也是 58 岁。他们老两口都是沟里村普普通通的老百姓：老汉负责耕种锄耪，管理庄稼，浑身都是一股土腥味；老婆儿负责洗衣做饭，操持家务，浑身都是一股汗腥味。有话说秤杆离不开秤砣，老头儿离不开老婆儿，这些年来两个人相依为命，日子过得有滋有味、花好月圆。

可是不知道从哪一天起，老两口有了口角，争论起来互不相让，面红耳赤。

问题出在那台电视机上：老汉因为当过学校的体育委员，组织过一些比赛，便固执地喜欢上了体育节目，不管田径、游泳、足球、排球、乒乓球，凡有赛事必看；老婆儿则坚决地痴迷上了戏曲艺术，不管京剧、梆子、评剧、豫剧、黄梅剧，凡有播出必定欣赏。这样一来矛盾就产生了：当某天晚上又有重大的体育赛事又有高端的戏曲演出的时候，他们看什么？是看生龙活虎拼命厮杀的体育比赛，还是看出神入化唱腔甜美的戏曲演出？

问题是他们白天都很忙活，只有晚上才能坐下来看电视。

问题是电视机只有一台：他占上了她看不上，她占上了他看不上。

因此他们争吵起来，都觉得自己吃亏。有时候为了抢时间，晚饭以后老婆儿顾不得刷锅洗碗，把嘴一抹就稳稳当当占据了屏幕；有时候为了争速度，老汉提前从地里回来，偷偷地又是牢牢地掌握了电视机的遥控器。今天晚上两个人把事情闹大了：为了掌握主动权，老汉吃饭时在怀里藏了遥控器，老婆儿偷偷地去掏时，老汉猛一躲，结果把饭碗掉在地上，一下子摔了一个粉粉碎。

老婆儿很激动，抬手指着老汉说：“你躲什么？你慌什么？你是一个两三岁的孩子呀，吃饭还把碗打了？”

老汉不服气：“你说我慌什么？你说我躲什么？多亏我具有警惕性，你才没有摸着遥控器！你要不搞小动作，我能把饭碗掉在地上吗？”

老婆儿说：“啧啧，你倒埋怨我？你老汉嫁祸于人，应该罪加一等！”

老汉说：“嘿嘿，不怨你怨谁，你拿着不是当理说，纯粹倒打一耙！”

因为打了一只碗，空气很沉闷，这顿饭他们两个谁也没吃好。

因为饭都没吃好，情绪很低落，这天晚上他们两个谁也没有看电视，谁也没有睡好觉。

第二天，老汉照样荷锄下地，老婆儿照样料理家务。在乡亲们看起来，他们两个是一如既往地和睦、一如既往地亲热。

可是老汉锄草时，在绿水青山和风融融的田野里，锄掉了好几棵青枝绿叶、正在茁壮成长的禾苗。而这种情况，从来不曾有过。

老汉很心疼，自言自语问自己："哎呀，这是怎么了，这是怎么了？"

老汉想：我就是偏偏喜欢看体育比赛，觉得它激励斗志，振奋精神，让人敢打敢拼，气壮山河，这有什么错误吗？

老汉想：人要没了这点儿不服输的精神，还能勇往直前，还能过好日子吗？

傍晚收工回到家里时，老婆儿已经把饭做好了，屋子里一片芳香、一片温馨。

老婆儿说："洗脸。"

老汉便挽起袖子，弯下腰来洗脸。

老婆儿说："打一点点香皂。"

老汉便往手上脸上打了一点点香皂。

老婆儿说："你再洗一遍。"

老汉就再洗一遍。

老婆儿递给老汉一条毛巾："把脸擦干，吃饭。"

老汉便坐下来吃饭。饭也很好，菜也很好；还有一壶酒，味道很醇。

老汉想：这个老婆儿可不赖，她时时刻刻想着我，我这日子真美好、真幸福。

一边吃着一边喝着，抬眼之间他发现老婆儿有些老了，也有些瘦了，皱纹聚集在她的额头上，东扯一道，西扯一道，脸上乱了。

老汉的心猛地一颤。我的天，这个家不能没有她呀，我不能没有她，孩子们也不能没有她呀！

他说："你也吃饭呀，愣着干啥？"

她说："你吃吧，我不想吃。"

他说："你不想吃，我也不吃了，我也不喝了。"

她看了他一眼，乖乖地拿起筷子来。

这是农历三月，院里那树桃花如火如荼；有风吹进屋里来，飘进一股花香。

他说："老太太，我想问问你，你为什么单单喜欢看戏曲节目？一旦看起来就如痴如醉，容不得别人插手？"

她说："人家扮相好、嗓音好、动作好，唱起来舒畅甜美，动起来飘飘欲仙，坐在那里看演出是一种幸福，是一种享受。"

他问："还有呢？"

她说："还有嘛，我做姑娘的时候年年在村剧团演戏，年年唱主角，年年受奖励，现在老了，想再找回一点点当年的感觉。"

他恍然大悟！他说："哎呀，老太太，这话你怎么不早说？咱不是卖了一口猪嘛，咱可以再买一台电视机，你看一台，我看一台，方便自在，谁也不耽误谁了。"

她摇了摇头："不好，不好，那样不好。那不是闹独立，那不是闹单干吗？那咱们俩还是两口子，还是一家人吗？"

他问："那你说咋着？你说咋着？"

老婆儿很从容地回答："这个问题我已经想好了，每星期的一、三、五，你看你的体育比赛，我坐在旁边陪着，和你说说话呀，给你倒杯水呀，让你不孤独不寂寞；每星期的二、四、六，我看我的戏剧演出，你坐在旁边陪着。这样咱絮絮叨叨、热热乎乎，日子过得比神仙还好！"

他激动地扔下筷子站了起来："好，好，咱就这么办，咱就这么着！谁不同意谁是小狗子，谁是小猫子……"

老婆儿说："你看你张牙舞爪的，一点儿也不老练。"

夜里月亮升起来的时候，他快睡着了。朦朦胧胧中他突然想到了一个很现实的问题：老婆儿说每个星期的一、三、五归他看比赛，二、四、六归她看演出，那么星期天归谁呢？归他还是归她？

她怎么把这个问题给"雪藏"了，是有意呢，还是无意呢？

差一点儿的事

村长小时候当然不是村长，是个上学的孩子。

村长在上小学的时候有个毛病：常常把自己的名字写错。村长名叫王刃，可是他在考试或者写作业的时候，往往把“王刃”写成“王刀”。老师批评他，他还犟嘴，他还反驳。他说：“老师，您别计较啦，我也没差多少啊，不就是差一点儿的事吗。”老师说：“王刃，你记住，就是因为差了这一点儿，你的刀才不快！”

几十年过去，王刃成了村长，成了指点江山、说话算数的人物。

可是村长脾性没改。村长还是老说那句话：“差一点儿的事，您别计较啦。”

这天早晨合意老汉跌跌撞撞闯进村长家里，义愤填膺地向村长反映了一个问题。老汉颤抖着花白的胡须说：“我的邻居刘二狗光天化日之下竟然挪动了已经埋了好几十年的界石，占了我好大一片宅基地。”老汉说：“村长，这事你得管，你得为我们这些老实巴交的人做主。”

村长当然知道刘二狗。他胆子大，心眼儿毒，下手狠，仗着姐夫是县里的一位局长，横竖不讲理，是十里八乡有名的刺头。

村长问：“大叔，那刘二狗什么时候挪动了界石？”

老汉说：“昨天晚上，大概是深更半夜的时候。”

村长说：“老人家，您别虚张声势、夸大其词呀，他深更半夜挪动了界石，怎么是在光天化日之下？夜里还会有太阳吗？”

他一下子就把老汉问住了，老汉不知道该怎么回答。

村长亲自到老汉家里去了一趟，亲自做了实地考察，结果发现刘二狗真的把界石挪动了，但是霸占的地方不大。他用脚步量了量，顶多只有二厘地。村长说：“大叔，问题没你说得那样严重啊！他满打满算占了你二厘地，哪里是一大片呀？”

老汉很认真：“在我眼里，那就是好大一片。”

村长在地上踱了几步：“老人家，你惹得起刘二狗吗？”

老汉很严肃：“我惹不起，你是村长，你不应该怕他。”

村长拍了拍老汉的肩头：“大叔，让人一步天地宽，你别和刘二狗计较啦。常言说，吃亏是福和气生财嘛！”

老汉问：“王刃，你也害怕刘二狗？”

村长回答：“我不怕刘二狗，我为啥怕他？我是觉得那屁股大小的一片地方，差一点儿的事，占他就占了吧……”

老汉浑身一抖，脚下一个趔趄，突然栽倒在那里。

村长急急忙忙把老汉送到了医院。村长想：这老汉个头不高气性真大，60多岁的人了，眼里下不去一粒沙子，倘若有个好歹，怨我还是怨他？

村长一夜未睡。村长在心里想：刘二狗啊刘二狗，你挪那块界石干啥？

第二天周乡长来村里考察。周乡长刚从县委宣传部调到乡政府，第一次下乡便来找王刃。周乡长不在办公室听王刃干巴巴的数字汇报，他让他陪着，在村里走一走转一转看一看，顺便和乡亲们说说话。

中秋八月，天高云淡，气爽风柔。他们在弥漫着瓜香果甜的村街上走着，周乡长忽然把脚步停住了。周乡长指着墙上的标语问：“王村长，这条标语谁写的？”

王刃很骄傲：“我写的。我们村所有的标语都是我写的。别人不敢写。”

周乡长点了点头：“王村长，那么你把这条标语给我念一念。”

王刃说：“周乡长，因为我们村家家户户养兔子，家家户户发了财，所以这条标语写的是‘要想富，少生孩子多养兔！’”

周乡长摇了摇头。

王刃赶紧解释：“周乡长，这条标语好，它又宣传了计划生育，又指出了致富道路，一箭双雕，一举两得。”

周乡长说：“可是你写错了，那个字念‘免’不念‘兔’！”

王刃笑了：“哦，不是我写错了，是我给忽略了。周乡长，差一个点儿的事……”

周乡长说：“差一个点儿也不行，你是村长，你是干部，你敢在墙上涂这样的标语，你给你自己丢人，你给你们村里丢人，你给咱们乡里丢人！把‘兔’写成‘免’，那是只差个一点儿的事吗？”

王刃嗫嚅道：“周乡长，总不是差两个点儿吧？”

他们继续往前走。走着走着，周乡长又让村长念了一条写在墙上的标语，那条标语中的“玉”被村长写成了“王”，周乡长很不高兴了。

周乡长问：“王村长，这回差两个点儿了吧？这到底是什么问题？”

王刃看见周乡长脸色不好，忙说：“我改，我改，我再添上个点儿就行了。”

按照周乡长的指示，午饭后村长便蹬着梯子给村里的标语“添点儿”，添来添去，累得肩疼腰酸。刚想休息片刻时，合意老汉的儿子三牛大步流星跑过来了。三牛变脸失色地说：“村长，我爹情况很不好，医生给下了病危通知书。我娘让你赶快去医院，给我爹一个说法……”

村长两腿一抖，从梯子上摔了下来。

村长对三牛说：“兄弟，你爹也太那个了，不就是差一个点儿的事吗？”

脸　面

腊月初，沟里村的有福大叔到温泉村看望闺女，回来之后就在街面上说了一件大事。他先夸奖那温泉的水有多么热乎、多么光滑、多么清亮、多么绵柔，然后话锋一转，说那天晚上自己一个人洗澡的时候，正好遇见了县长吴浩天。吴县长很高兴地跳进池子里来，两个人一边唠嗑一边洗，后来越说越近乎，吴县长伸手就给他搓背，他也给吴县长在背上搓了两下子。

这话当然没人相信，有人马上问道："怎么那么巧呢？吴县长肯和你在一个池子里洗澡？吴县长肯给你一个黑不溜秋的庄稼汉搓背？吴县长不嫌你汗腥气？吴县长不嫌你土腥味？你也50多岁的人了，这是糊弄谁呢？"

有福就急了，就红着一张脸给大家解释：他说他的姑爷就是那温泉的负责人，其中一个大池子设备比较简陋，供南来北往的乡亲们洗澡；一个小池子设备十分高雅，专供领导干部洗澡。有福说："那天晚上10点多了，我姑爷以为不会有领导来洗澡了，就让我进了小池子，让我享受享受美好的生活。谁知刚泡进水里，吴县长就突然来了，他从外地出差回来，正好路过温泉村……”

有人说：“既然县长来了，你还不赶紧从小池子里爬出来，还磨蹭什么？”

有福说：“是啊是啊，我姑爷是叫我马上出来，可是吴县长不让！吴县长说没关系没关系，一块洗一块洗，说着话就脱光了衣服，跳进池子里来了！”

人们还是不相信，还想打破砂锅璺（问）到底。这时候村主任站出来说：“你们不信我信！有福大叔光明磊落一辈子，是那种造谣生事的人吗？就是造谣，谁敢造到县长的头上？吃饱了撑的吗？”

第二天，村主任就在村里召开了全体村民大会。村主任先请有福大叔讲话，请他详细地、原汁原味地介绍了吴县长给他搓澡的经过，以及他的感受、他的心情、他的想法，然后村主任做总结发言。村主任说：“乡亲们，这一回我们沟里村出名啦！我们村几百户人家几千口人丁，谁被县长搓过澡？我们的祖祖辈辈谁被县长搓过澡？所以吴县长搓澡的事情不仅是有福大叔的光荣和骄傲，也是我们全体村民的光荣和骄傲！我们要大力宣传吴县长亲民爱民的工作作风，努力学习有福大叔实事求是的精神，只要我们宣传得有力度、有深度、有强度、有广度，我们沟里村的福气就来了，你们信不信？”

大会以后，村主任给乡政府做了汇报，乡党委书记、乡长带着礼物来看望了有福老汉，并请他到乡里给乡干部们做了报告；村主任又用车接来了县报社、县电视台、县广播局的七八位记者，请他们面对面地采访有福大叔。于是，有福的形象和谈话在多种媒体上报道出来，有福大叔一时间成了全县的红人和名人！

腊月二十三，村主任带着有福大叔进了县城。他们首先到了交通局，把一份关于修路的报告摆到了局长面前。

局长问："梁主任，你们村的路不是刚刚修好吗，怎么又要修？"

主任说："这一次是补不是修。郑局长，您认识站在我身边的这位老汉吗？"

郑局长从头到脚把有福打量一番。郑局长马上笑了，马上同有福亲切握手。郑局长说："认识，认识，报纸上见过，电视上见过，这不是吴县长的朋友有福大叔吗？老人家，县长能给您搓澡，您好大的福气啊！"

村主任就用手悄悄地捅了捅有福大叔的后背，于是有福说："郑局长，我们村的路确实需要补一补，可是我们没钱。"

郑局长感叹说："大叔，今天是您来了，要是光凭你们村主任找我，我这儿一分钱没有……老人家，您要多少钱？"

村主任又领着有福大叔进了水利局、教育局，又把打井修渠、修整校舍的报告摆到了局长们面前。村主任又把有福推了出来。有福又说村里实在没钱。局长们又很热情，又说有福大叔是吴县长的朋友，又问有福大叔需要多少钱。这天中午村主任把有福大叔请到了县城最大的酒店，一边给他斟酒一边说：“老人家，谢谢您，咱们今天旗开得胜，您一出面咱就要了 90 万元！”有福说：“大侄子，咱们还要吗？”主任说：“要，等过了年咱再接着要；不过再请您要钱我就该给您提成了，每要 10000 元，我保证给您提成 1000 元。”主任又说：“乡政府还准备请您给他们要钱呢，他们也给您提成，您真的成了摇钱树啦！””

有福没喝那场酒。有福说心里不好受，想吐。

过年之后村里突然没了有福大叔的踪影。村主任很着急，问有福的女人：“婶子，我叔呢？”女人说：“你别找他了，他出远门打工去啦。他说他不是摇钱树，他说他给沟里村丢尽了脸面。”

| 第五辑 |

乡 风 乡 韵

XIANG FENG XIANG YUN

卖小猪的男人和买小猪的女人

村里来了一个卖小猪的。

卖小猪的是个40岁左右的男人，中等个头，眉目舒展，嘴巴上留了一圈墨黑的胡子，人显得很精神。女人们围上来买猪时，先不看人家车上拉着的活物，先嘀嘀咕咕地说人家长得好看，像电视上的人，像电影上的人。三嫂胆子大，亮起嗓门说："哟，卖猪的长得这么俊，那小猪的模样肯定错不了，母大儿肥嘛，你们信不信？"

女人们拍着手笑了，笑得前仰后合、满脸通红。

卖猪的男人也笑了，他说："大嫂，你说吧，我不怕；你说的是母大儿肥，我是老汉，我是男人。"

三嫂说："你别和我套近乎，谁是你大嫂？我今年才30岁……挂零儿。"

男人说："那我就叫你妹子，妹子，你长得真年轻，像十七八岁。"

女人们这才扒到车上去看人家的猪，这一看心里就很高兴：那8只小猪双耳挺立身腰细长，嘴头短小腿脚硬朗，要身架有身架，要模样有模样；只要下了辛苦去喂，到年底保证油光水滑，膘肥体胖！

三嫂拍拍手，跳下车来说："这是什么杂毛猪呀？球球蛋蛋，死气沉沉，一个个吱哩哇啦乱叫唤，看着让人恶心，听着更让人恶心，谁买谁上当！走，回家做饭去。"

女人们跟着说："就是就是，这种脏样子，买回去还怕死了呢，吃不上肉倒闹一身腥！走走走，赶快回家做饭去。"

可是三嫂没走，她们也没走。三个女人一台戏，她们谈起了昨天晚上在一起唱歌的事情、跳舞的事情；她们说谁谁唱得好，谁谁跳得好，谁谁的衣服穿得真鲜亮，谁谁的发型真好看。三嫂悄悄地说："别着急，沉住气，他是卖猪的，咱们越不搭理他，他就越被动；他越被动，咱就越主动，要不他就会把价钱要疯了——先杀杀他的威风。"

男人也不说话，嘻嘻地笑着，站在一边吸烟。男人在心里说：我亲爱的老实巴交的姐姐妹妹们，褒贬是买主，你们越说我的小猪不好，越说它们难看恶心，你们就越是喜欢它们，越是想买它们，你们这些欲擒故纵的小伎俩，只配欺骗孩子们！

这是农历三月的一个早晨，太阳从东山顶上升起来，把那满眼的鲜绿、把那缕缕炊烟染得紫红紫红。

有人下地回来了。

有孩子背着书包上学了。

男人扔了手里的烟蒂，立在一块石头上喊：“卖小猪哟——卖小猪！”

猪是好猪，男人的嗓音也很好听，清脆、嘹亮、浑厚，山山水水都起了回音，都帮着他喊：“卖小猪哟——卖小猪！”

女人们着急了：“总不能老是站在这里说话呀，咱是来买猪的，咱家里还有一大堆事情，地里还有一大堆活呢。”

一个叫桃芝的女人对三嫂说：“他婶子，咱们就别再拿捏啦，我看那小猪个顶个的欢实活泼，该买咱就买吧；过了这个村没有这个店，咱得抓住这个机会——你想啊，人家也不容易。”

三嫂说：“大嫂，光天化日，你就想当叛徒呀？你和那个男人相好吗？”

桃芝说：“他要开车跑了，你不后悔吗？你才和他相好哩，你的眼睛老是瞅他。”

男人上车了，男人把车发动着了，男人按了两声喇叭，准备开车走了。

桃芝跑过来说：“你这个卖猪的真是奇怪，也不说个价钱，说走就走呀？你的小猪是按斤称卖还是按个头儿卖？按斤称卖多少钱一斤，按个头儿卖多少钱一只？”

男人说：“你们不是不买吗？不买就不用打问价钱啦！我的猪个头儿整齐，大小匀称，每一只都是60斤左右，每一只都卖1000块钱。”

三嫂两腿一抖，突然打个趔趄。三嫂就要倒下去的时候，桃芝扶住了他。三嫂说："卖猪的，看见了吧，你差点儿把我吓个跟头！你的猪是金毛狮子银毛犬啊，敢要 1000 块钱？700 块钱卖不卖？卖你就下车，不卖你就走人！"

男人说："妹子，700 块钱还不够我的本钱哪！我家里上有老下有小，还供着一个正在南方上学的大学生。将心比心、黄土成金，你就高抬贵手，多掏点钱吧。"

桃芝说："兄弟，我家里还供着一个大学生呢，我那个还是研究生，你也高抬贵手，少要个钱——800 块钱一只你卖不卖？你不是说将心比心、黄土成金吗？"

男人从车上下来了，男人说："大嫂，我有大学生，你有研究生，你比我高一级，你再让我一步：900 块钱一只你买不买？买你就捉回去，不买……"

三嫂说："卖猪的，你是得了锅台想上炕，占了便宜还卖乖呀！看见我们都是女人是不是？想捞我们一把是不是？你媳妇不是女人吗？你娘不是女人吗？事到如今我做主，800 块钱一只，大家上车捉猪去——慢着，一定要给我留两只！"

男人搓了搓手，长长地感叹一声："哎呀妹子，我真佩服你！"

三嫂扭身就走："听着，你一会儿把猪给我送到家里去！"

男人把那两只小猪送到三嫂家里的时候，三嫂数来数去，总共给了他 1400 块钱。男人说："妹子，这钱不够数啊，还差 200 哩。”三嫂说：“大哥，你见好就收吧。第一，今天的猪是我帮着你卖掉的，我没有功劳有苦劳；第二，这两只小猪是人家挑了以后剩下的，是处理品，价钱应该低；第三，我早给你算过账了，700 块钱一只，你也赔不了本儿；第四，这事只有天知地知、你知我知。”

以后咱学懒一点

沟里村的大忙人名叫赵繁，他一年四季不管刮风下雨无论头疼脑热都在地里或者山上忙乎；沟里村的大闲人名叫吴贵，他一年四季不管风和日丽无论有病没病都不去下地干活。因为一个太忙一个太闲，两个人说不到一起坐不到一处，平日很少来往。但是今天早晨他们两个在村口见面了，赵繁手里推着小车儿，车上放着镰刀放着绳子，走得大步流星匆匆忙忙，那架势仿佛是去救火；吴贵在那里背着手散步，走得四平八稳优哉游哉，显得那样闲适、那样从容、那样淡定。

太阳已经出山，光芒万丈，辉煌灿烂。

吴贵决定自己首先高姿态，所以首先笑了，首先冲赵繁喊道：“大叔，您好，您这又是枪又是刀的，玩得什么把戏？”

赵繁一本正经：“哎呀，我还顾得上玩什么把戏，我去上山割柴火。”

吴贵追了上来，扯住赵繁的衣襟问道：“大叔，您说什么？

您上山去割柴火？您没记错日子吧，您知道今天是什么节日吗？”

赵繁说：“知道呀。我又不糊涂，今天不是大年初一吗？”

吴贵跟着赵繁向前走了几步：“这就奇了怪了，大年初一您也舍不得歇着？”

赵繁说：“不是舍不得，而是歇不得，我一歇着心里就麻烦，浑身就刺痒，就头晕眼花不知东南西北。只有手里干着活，心里才会敞亮，脚步才会踏实，精神才会舒服。”

吴贵高高地竖起大拇指：“大叔，您真是我们的榜样，佩服，佩服！”

离开吴贵以后，赵繁加快脚步，推着小车向前猛跑。老汉鄙视吴贵的表现：一个好端端的庄稼人，又不缺鼻子不缺眼，每天不是从早到晚在地里忙活什么，而是打麻将打扑克下象棋，得过且过，得懒且懒，把地里的活家里的活全部推给女人干。老汉想：你吴贵才 45 岁，你这样游手好闲，天上能给你掉馅儿饼吗？

看着已经走远的赵繁，吴贵简直嗤之以鼻：你老汉已经 62 岁，已经是年过花甲日落西山的人了，还逞什么能啊！平日你勤谨你能干倒也罢了，大年初一你还上山割柴火，你给谁弄难看？你和谁过不去？怕是你费力不讨好啊！

太阳落山的时候，赵繁推着满车柴火，汗流满面气喘吁吁地朝村里走来。巧合的是，在鲜亮的晚霞里，他又在十字街里碰上了吴贵；吴贵端一只热气腾腾的大茶杯，眉开眼笑，满脸欢喜。

吴贵还是高姿态还是先说话。吴贵惊叹道：“大叔，好家伙，您割这么多柴火？”说着话“吱”地喝了一口茶水，“老人家，我就不明白，你们家真的没有柴火烧吗？”

赵繁说：“有啊，我们家的柴火已经垛了好几垛。多怕什么，多了可以卖钱……”

吴贵又喝了一口茶水：“您这车柴火能卖多少钱？”

老汉咬了咬牙，鼓着劲说：“最少也得卖50块钱吧？50块，少吗？”

老汉很得意很骄傲。因为今天过大年，该歇着而他没歇着，他这车柴火等于白得。

吴贵哈哈大笑，笑得酣畅淋漓，笑得手舞足蹈。吴贵伸手给老汉擦了一把额头上的汗水：“大叔，您好可怜，您知道我今天在麻将桌上挣了多少钱？”

老汉摇了摇头，他从未打过麻将，他不知道麻将桌上的行情。

吴贵伸出两根手指头：“老人家，您猜猜。”

老汉满脸迷惑：“20块？”

吴贵说：“20块叫钱吗？”

老汉说：“200？”

吴贵摇了摇头：“老人家，胆子大一点，使劲说，往多里说。”

老汉目瞪口呆，说不上来了。

吴贵拍了拍他的肩头：“大叔，您快回家吃饭吧；您中午就没吃饭，我听见您的肚子咕咕地叫。”

赵繁推车就走，一边走一边琢磨：吴贵这个懒蛋，他今天到底挣了多少？看他那个眉飞色舞洋洋得意的样子，好像比我割10天柴火挣得还多！

老汉饥肠辘辘回到家里时，儿子正在屋里等他。

儿子好像很不高兴，眉头紧皱，脸也阴着。

儿子问：“爹，你今天上山割柴火啦？”

他说是呀，我上山割柴火去啦。

儿子问：“爹，你知道今天是什么日子吗？”

他说知道呀，今天不是大年初一吗？

儿子怒了：“知道你还去？你这不是给我们丢人、给我们弄难看吗？”

他不服：“奇怪，我怎么给你们丢人啦？”

儿子说：“你这一上山，就显得我们做晚辈的不孝顺，就显得你生活很困难，就显得你很无奈……你看人家吴贵，人家什么活都不干，人家照样吃香的喝辣的，过得不比你滋润吗？”

儿子把脚一跺，走了。

女人把饭端给他时，他已经不饿了，肚子饱饱的、鼓鼓的。

女人流着泪劝他：“他爹呀，别生气，以后咱学懒一点。”

一时糊涂

沟里村有个老汉叫石头。

石头老汉身体好，硬硬邦邦像石头。石头老汉已经年过花甲了，还敢在细软的沙滩上和村里的年轻人摔跤；把别人摔倒后，他像棵松树一样在那里站着，倔强挺拔，不动不摇。

那一天，他们摔跤的场面被镇上的梁医生看见了。梁医生很感兴趣地问石头老汉：“老人家，您有什么养生秘诀，身板这么强悍，腿脚这么灵活？”

石头摆了摆手：“不说也罢，说了让人耻笑。”

梁医生说：“哪儿能呢？您说吧，我保证洗耳恭听，保证严肃认真，保证不笑！”

石头往梁医生跟前凑了凑：“那我就把实底儿告诉你，我这一辈子除了喜欢下地干活还有两种嗜好：一是喜欢喝酒，二是喜欢抽烟。我的身子骨这么硬邦，全靠酒和烟养着。”

“哧”地一声，梁医生讥讽地笑了。

石头很反感，红了一张脸说：“你不是保证不笑话我吗？你说话还算数吗？”

进入腊月以后，山摇地动地刮了一场大风，飘飘洒洒地下了一场大雪，石头老汉咳嗽气喘，头疼发热，突然病了。他到镇上检查时正好碰见了梁医生，梁医生斩钉截铁地告诉他：“第一，必须马上戒酒；第二，必须马上戒烟。”老汉眼巴巴地瞅着梁医生，可怜兮兮地说：“大夫，这事没有商量的余地吗？”梁医生说：“绝对没有，要命就不能要烟要酒，要烟要酒就难以要命。”

从医院回到沟里村以后，石头住到了大儿子铁头家里。铁头很孝顺，倾其所有，让爹吃得好喝得好休息得好，可是老汉总像丢了魂似的，迷迷糊糊，哈欠连天，眼见得一天比一天枯萎干巴、一天比一天蔫了。

铁头问：“爹，你哪儿不舒服啊？”

老汉说：“小子，爹想喝酒了，一喝酒爹就精神了，就又敢和年轻人摔跤了。”

铁头说：“爹，那不行，梁医生不是告诉咱……”

老汉说：“那你让我抽支烟，一抽烟爹就又是原来的石头了。”

铁头说：“爹呀，那更不行，梁医生特别嘱咐我……”

老汉说：“你别老是梁医生梁医生，梁医生说话不算数，咱们不受他的迷惑。”

忽一日，铁头看见爹躲在墙角里抽烟，就不声不响地走过去，冷不防把那支烟夺过来了。石头正抽得如痴如醉出神入化，就笑着央求铁头说："小子，爹知道错了，爹对不起你，你让爹把这支烟抽完吧，爹保证从此以后不抽了。"

铁头很坚决："爹，我是为了你的身体呀，你抽了这一支还想抽下一支呢，咱不说梁医生，你也应该为你负责、为我们负责。"

铁头把那半支烟扔到地上，用脚踩了；又把手伸进爹的内衣口袋，里里外外搜了搜、摸了摸，确认爹身上再没有第二支烟了，这才放心大胆地离开。他做这些事情的时候爹一直很配合，任他搜任他摸，他的冰凉的手都触到了爹的温热的胸脯，爹不但不恼，还"哎呀"一声笑了。

铁头走了，老汉的二儿子杠头跑过来了。杠头递给爹一支烟，又给爹把烟点着。

杠头把爹接到自己家里。杠头说："爹，在我家里你愿意抽烟就抽烟，愿意喝酒就喝酒，总而言之一句话，你是老天爷，你高兴怎么着咱就怎么着。"

石头老汉舒畅了。石头老汉爽了。

可是铁头很快找到杠头。铁头很激动地说："兄弟，你又让咱爹抽烟喝酒了？你这不是孝顺，你这是害他！"

杠头不以为然。杠头也很激动："哥，爹都那么大岁数了，而且又快过年了，他想喝就让他喝一口，想抽就让他抽一支。爹这一辈子不容易，我怎么能够难为他……不就是一杯酒一支烟吗？"

铁头说："可是梁医生讲……"

杠头说："爹是爹，梁医生是梁医生。你别老拿梁医生说事，爹对他不大感冒。"

说着说着，弟兄俩吵起来了。

吵着吵着，弟兄俩打起来了。

石头老汉把他们拉开。石头声泪俱下地说："小子们，你们都是为了我好，你们这样打，打的是你爹。"

谁能想得到呢，石头在他们打架的第二天走了。那天是腊月二十三，是小年儿，老汉在地上跌个骨碌就走了。

铁头哭得死去活来："爹呀，你怎么这么快就走了？儿子不该不让你抽烟，不该不让你喝酒。儿子一时糊涂，在你身上乱搜乱摸，爹不愠不火不怒不恼……"

杠头哭得肝肠寸断："爹呀，儿子也知道抽烟喝酒对身体不好，可是儿子一时糊涂，又叫你抽又叫你喝，结果……"

有人把他们拉了起来。他们回头一看，梁医生泪眼婆娑地在身后站着。

梁医生说："老人家，对不起，我是一时糊涂，多了那声不该笑的笑。"

刮胡子

临出门前，老秋大叔鬼使神差地把头伸过去，照了照镜子。

这是开天辟地头一回：已经 55 岁的赵老秋出门之前从没有照过镜子，黑脸就黑脸，白脸就白脸，有土就有土，有泥就有泥，反正是个庄稼人；今天就心血来潮地照了照，看了一眼自己的模样——当然，这里所说的“出门”指的是赶集上庙走亲戚，而不是扛了镢头或锄头下地。

这一照就发现了一个问题，他的胡子长长了。

长长就长长了吧，谁的胡子不长呢，可是那胡子除了黑的还有白的。白的和黑的夹杂在一起，仿佛一堆烂柴火，七长八短，嘈嘈杂杂，好像老秋多么多么沧桑，多么多么老迈，多么多么夕阳西下，多么多么上了年纪。

老秋不高兴了，心里像堵了块东西。

老秋抱怨女人：“你呀，真没眼色，没看见我的胡子？”

女人不以为然：“老汉，那怕什么，你说过哪个男人不长胡子？”

老秋更不高兴了：“你说怕什么？我外甥结婚，我去给他贺喜，我往酒席桌上一坐，满脸丈八长的胡子。还有黑的，还有白的，还有不黑不白花里胡哨的，那不让人家小看吗？那不给你丢人吗？”

女人说：“你胡子长了，给俺丢什么人？”

老秋严肃起来：“人家会说，哎呀，看这人这个邋遢劲儿，保准没媳妇，是个地地道道的、溜溜光的光棍子。”

女人心里一震，觉得老汉的话很有道理。女人催促说：“快快快，你快刮你的胡子去。一会儿车就来接咱们，可别误了大事。”

可是，到哪里去刮胡子呢？

想了想，老秋忽然笑了，他这一辈子都是剃一次头刮一次胡子，剃一次头刮一次胡子；一个多月剃一次头，因此也是一个多月刮一次胡子。在哪里刮很随便，进了县城就在县城做，到了镇上就在镇上剃。像今天这样光刮胡子不剃头，好像还是第一次。

老秋想，一定是我的胡子比头发长得快，所以这次不用剃头而光刮胡子。

女人又催他：“你去呀，你去小娟的理发店，让她给你收拾收拾。”

老秋恍然大悟，原来沟里村新开张了一家理发店，理发的师傅叫小娟。听人们说小娟的刀工非常棒，是十里八乡出类拔萃的好手艺。

可是小娟是他老秋的儿媳妇。

老公公怎么能让儿媳妇刮胡子呢?

这么摆弄那么摆弄，那不让人说长道短、议论纷纷吗?

老秋就在地上转圈圈，转了一圈又一圈：事情逼到这里了，不找小娟找谁?

老秋把心一横，扯住女人的手说："走，咱俩一块找小娟，你看着我刮胡子。"

女人说："你一个人去还胆小，还得找个做伴儿的?"

他回答："叫你去你就去，有你在跟前守着，我心里踏实。"

他们去了理发店。女人告诉小娟说，他们今天要去参加一场婚礼，临走前才发现老汉的胡子有点长了，说话、吃饭都有些碍事，形象也不雅观，因此想把胡子刮掉，做到干干净净、清清爽爽、整整齐齐。老汉连连点头说："就是就是，可不能让别人小看了咱们沟里村。"

小娟笑了："爸，您请坐。您的头发也长了，今天咱们连剃头带刮胡子。"

老汉心里很感动："这样当然更好，听你的听你的。"

小娟真是好手艺，她给公公先剃头后刮脸，那刀子轻轻来轻轻去，灵巧敏捷，游刃有余；那沙沙的声响乍一听像风吹杨柳，细一听是一首快乐的乐曲，很迷人，很流畅，很生动，很享受。

小娟还给公公做了头部和肩部按摩，那手绵绵的，用劲悠悠的。

老秋竟然睡着了，还打起了呼噜，还做了一个轰轰烈烈的梦。

老秋是被女人叫醒的。女人拍着他的肩头说：“老汉，醒醒吧，这里哪是你睡觉的地方啊。快走吧，车来接咱们啦。”

小娟递给他一面镜子，让他把头把脸照一照，看看满意不满意。他一照，止不住地手舞足蹈了：自己 50 多岁的人，怎么就像 40 岁？好年轻啊！

他很兴奋。他一边往家走一边和女人说：“老伴儿，下次剃头哪儿也不去了，我就找小娟，要多舒服有多舒服，要多得劲有多得劲。”

他接着说：“老太太，刚才你不该叫醒我，因为我正做着一个美好的梦。”

女人问：“你做的什么梦？”

他说：“说了你别抱怨我，要不我不说。”

女人点了点头：“你说吧，我听着。”

他说：“我做梦不是外甥娶媳妇，而是我。”

女人拍了他一巴掌：“老东西，你尽想好事！”

他说：“也不算太好的事，娶的还是你。”

闲　事

闲事，就是和自己没有任何关系、没有任何牵连的事情，你帮忙把事情办成了，自己也得不到半毛钱的好处，你张三还是一如既往的张三，他李四还是一如既往的李四。所以现在忙忙碌碌的人们不喜欢多管闲事：有话说，管闲事，落不是；还有话说，多一事不如少一事，少一事不如没有事。

可是毕竟也还有爱管闲事的人。

这一天，沟里村的北瓜老汉骑自行车去镇上赶集，走完5里路、要上那道又高又陡的漫石岭时，他看见了这样一个状况：一个女人立在大路旁边，她的跟前停了一辆农家常用的小拉车，车上装满了成熟的桃子；那桃子个头又大颜色又鲜，像一堆绚丽的彩霞照耀在那里，在一阵又一阵的秋风中飘洒出扑鼻的香味。

女人大约有50岁年纪，中等个头，穿着朴素。看着匆匆忙忙过路的人群，她满脸焦急，几次欲言又止。

不用细想，北瓜老汉就明白了这个女人为什么站在这里，为什么那样着急：今天是农历八月十三，女人想趁中秋节前这最后一个集日，到镇上去卖她的桃子，可是桃子装多了，小拉车超载了，她没有把握把车拉到漫石岭上去。

她是想喊个人给她帮帮忙，帮助她把车推到岭上去。

赶集的人虽然成群搭伙、熙熙攘攘，可是他们来也匆匆去也匆匆，没有一个人走了过去，问问她是怎么回事。

北瓜老汉想：哎呀，我北瓜这样的粗人，都能把眼前的事情看得明明白白清清楚楚，你们真的是看不出来、想不清楚吗？

北瓜下了车子，走到女人面前。

北瓜把车子停好，笑皱了一张脸问：“大妹子，你是在这里等人吗？”

女人摇了摇头：“大哥，不是；今天集日，我要到镇上卖桃子。”

北瓜看了看高高升起的太阳：“大妹子，那你咋还不走，在这儿凉快着哩？”

女人说：“大哥，桃子装多了，我一个人劲头小，怕是拉不到岭上去。”

北瓜说：“那好办，我来给你帮帮忙。我在前边给你拉，你在后边帮着推。咱们两个都使劲，上这个岭没问题。”

女人很严肃地问：“大哥，你帮我拉车收钱不收钱？”

北瓜很严肃地说：“大妹子，你别把人看扁了。我是沟里村堂堂正正的北瓜老汉，不是见钱眼开的爱钱癖。”

女人悄悄地说："刚才就有人要我 100 块钱，我不给；我说给他 20 块钱，他嫌少，哼了一声，甩手走了。"

北瓜大声地说："他是他，我是我。他那不是帮忙，他那叫趁火打劫。来吧，咱们上岭，加油！"

他在前边用力拉，她在后边用力推。小拉车吱吱呀呀，步步登高，唱着一支合力奋进的曲儿；拐过好几个"之"字形的弯弯后，终于到达了顶峰，再走就是下坡路了，可以一帆风顺地到达集市。

北瓜擦了把汗，把车交给女人。

女人说："大哥，真是不好意思，你这么大年纪了，还帮助我……"

北瓜说："大妹子，不客气；我不老，我今年 55 岁。"

女人非要送给老汉几颗桃子吃。女人说："这桃子像梨一样的甜，瓜一样的脆。"北瓜说："我不要我不能要，我要了你的桃子就等于收了你的钱，我的良心过不去。"女人说："大哥，你给我大嫂拿几颗，也算我一片心意。"北瓜摆摆手说："算了吧，你大嫂……身体不太好，偏偏吃不得生东西。"

女人说："是吗？"

老汉说："是。"

女人说："大哥，那我先走啦。"

老汉说："你先走你先走，我还得返回去取自行车。"

晌午的时候他们又在集市上见面了。女人很激动，兴致勃勃地告诉北瓜老汉，她的桃子已经卖完了，因为颜色鲜艳汁液甘甜，还破天荒地卖出了好价钱；北瓜说：“那就好那就好，那你早点回去吧，现在正是忙时候，别在这里耽误时间。”

女人盯住了北瓜的脚，看呀看呀，看得很仔细。

原来老汉的鞋子破了，露出了两根脚趾头。

女人说：“大哥，你的鞋……”

北瓜不好意思地笑了：“我家里有新鞋，今天没有穿，没有穿。”

出乎北瓜预料的是，忽然有一天女人走进了他的家门，给他送了一双鞋来。

老汉很惊讶：“哎呀，老天爷，你怎么来了？你能找到我的家？”

女人笑了：“大哥，你忘啦，不是你告诉我的底细吗。鞋是我做的，你穿穿合适不？”

北瓜赶紧说：“合适，合适。不用穿，一看就合适。”

女人问：“大哥，你们家大嫂呢？”

北瓜犹豫一刻回答：“她呀，她住娘家去了。”

女人说：“大哥，你别再瞒哄我啦，我早打听清楚了，你家大嫂已经走了，已经上天啦。大哥，一个人的日子不好过，你说是吗？”

他长长地叹了一口气：“不好过也得过，没别的办法呀。”

他想给女人带些什么稀罕东西，可是挑来挑去没得带；女人说："大哥，别费心思啦，俺就要你那颗金黄金黄的大北瓜。"

老汉说："你要北瓜？你们家里没有吗？"

女人说："有是有，可它是我们家的北瓜。"

老汉说："好好好，送给你做个纪念吧。"

斜阳和秋风里，他把女人送出村外，送上大路，送了很远很远。

他回到村里后有人问他："北瓜大叔，你和卢峪村的陈寡妇相好上啦？"

他大吃一惊："什么什么？她是寡妇吗？她没说她是寡妇，不可能吧？"

串门儿

爷爷60岁，是沟里村普普通通的庄稼人；孙子10岁，是沟里村小学3年级学生。奶奶去外州外县走亲戚，孙子和爷爷做伴，就在爷爷屋里睡觉。

爷爷和孙子相亲相爱，爷爷无话不说，孙子无话不问。

这是春天的一个晚上。

这天晚上下着雨。雨打房檐，其声音如诗如歌、缠绵动听。

灯光下爷爷笑皱了一张脸，出神入化地想着什么，向往着什么。

孙子问："爷爷，您想什么哪？也顾不上和我说话。"

爷爷笑了："我呀，我又想起我年轻的时候串门儿的事情，很有意思啊！"

孙子不理解："爷爷，您老是说起您从前串门儿的事情，到底什么叫串门儿呀，到底为什么串门儿呀？"

爷爷把孙子揽在怀里，十分认真地解释说："串门儿也不知道吗？串门儿就是从自己家里走出去，到别人家里转转去、看看去、听听去、说说去。到底为什么串门儿呀，因为一个人不能老是待在自己家里，那样憋得慌、闷得慌、惆怅得慌，走出去才红火，才热闹，才有交流，才能知道许多新鲜事，才能长见识。”

孙子明白了，抚着爷爷的胡须问：“爷爷，村里谁家都可以去吗？”

爷爷回答：“那是当然。不管他张三李四，不管他姓甚名谁，只要是咱们村的人家，只要你高兴去、愿意去，你都可以去。”

孙子问：“爷爷，人家欢迎吗？”

爷爷说：“欢迎欢迎，你既然到他家串门儿，那是和他友好、和他亲近，那是尊敬他、喜欢他，他会非常高兴！你往他家炕头上一坐，他会给你端水、递烟，还会忙着给你炒瓜子、炒花生吃！”

孙子兴奋了：“爷爷，我也想去串门儿，我到明明家里串门儿。”

爷爷说：“孩子，你听，外面下雨呢。下雨天，路不好走，不能串门儿；咱不能把泥泥水水的脏东西带到人家家里去，那样不礼貌，会给人家添麻烦。”

他们睡觉了，和风绵绵，细雨丝丝，孙子睡得很香很甜，爷爷却很激动，越想越觉得兴奋。老汉想：奇怪奇怪，现在村里人怎么都不串门儿了呢？晚饭之后，家家户户把门关得严严实实，看电视的、玩手机的、说悄悄话的，一家一个小世界，一户一个小团体。你家的事情我不知道，我家的事情你不晓得，少了交流和交情，少了友情和乡情，少了互助和帮助，丢了传统和乡俗，这还叫邻居？这还叫老乡？这还叫一个村的人？

熟睡中的孙子突然说道：“爷爷，串门儿，我要出去串门儿！”

老汉知道这是孩子的一句梦话，但是这句梦话让他真实而又清晰地回味起当年串门儿的事情。那时候他一晚上能串游三四户人家：赶上吵架的他就帮忙劝架，赶上说亲的他就帮忙说亲，赶上干活的他就帮忙干活，赶上喝酒的他就凑上去喝一盅……他到人家家里串门儿，人家也到他家里串门儿，结果人来人往，熙熙攘攘，推心置腹，相互交流，不管见了谁都很知心，都很亲近。

因为串门儿，他还救过一命。

那年冬天他到老庆家里串门儿时，时候已经不早了，大概有小半夜了。他在门口喊了好几声老庆大哥，老庆都没有答应。他感到事情蹊跷，那老庆的女人昨天去住娘家，老庆一个人在屋里睡觉，怎么喊不应叫不醒了？他踹开屋门打亮手电一看，原来老庆中了煤气的毒，昏过去了。

他给老庆穿好衣服，把他背到了院里。

然后他把村里的医生找来。

然后他把老庆的儿子喊了过来。

经过一番抢救之后，老庆醒过来了。

第二天老庆媳妇匆匆忙忙从娘家赶了回来，在他面前扑通一跪，泪流满面地说：“兄弟，老庆能够活过来，全凭你了，你就是我们的救命恩人，我们永远永远忘不了你！”

他把哭哭啼啼的女人拉了起来：“大嫂，那还不是应该吗，我能见死不救吗？”

那一年他 30 岁，老庆大哥 40 岁。

30 年过去了，人世间的变化真是太大了，庄稼人住上了楼房，买上了轿车，日子过得红红火火热热闹闹，可就是相互来往少了，见了面觉得生了，关系觉得远了。老汉想，既然孙子想到明明家里串门儿去，自己应该领着他去一趟；那个明明不是别人，正是老庆大哥的孙子，他们两个小家伙是同班同学。

外面的风雨之声合唱成了一支歌。听着这支歌，老汉很惬意地睡着了。

过了两天正好是星期六，晚饭后月色如水，星光闪耀，见孙子没有作业可做，老汉就领着他到明明家里串门儿。明明家住在村南，好大好漂亮的房子，还有什么牌什么牌的高级小轿车。

大门插得很结实，他敲了半天，那门才“吱呀”一声，很不情愿地开了。

开门的是明明的妈妈，一位 40 岁左右的女人。

女人大惊小怪地说：“哟，北瓜大叔，是您哪。您怎么来了？您有事吗？”

他笑了：“没事没事，我领孙子到你们家里来串门儿，和你们说说话。”

女人拍着手说：“北瓜大叔，欢迎，欢迎！可是我们正忙得天昏地暗，您老人家改日再来吧。我知道您老人家当年救过我公公的命，有事您找我公公去吧。”

他拉了孙子就往回走，匆匆忙忙，大步流星，闷闷地不说一句话。

到家以后，孙子问他：“爷爷，明明妈她们忙什么哪？”

他说：“孩子，你没听见吗，她们在屋里打麻将哪。”

孙子又问：“爷爷，那咱们还去明明家里串门儿吗？”

去呢，还是不去呢，那个女人说的那番话叫他饱受侮辱，叫他没法回答孙子的问话——他是去讨债吗？他是去要钱吗？而且老庆大哥已经上了天堂，他去哪里找他？

夜隔儿与昨天

沟里村自然在沟里，在四面环山的山沟里。

沟里村的乡亲们憨厚朴实，说话很有山里味道，很有地方特色：比如人家叫太阳，他们叫日头；人家说晚上，他们说黑家；人家说昨天，他们说夜隔儿等。你要是外来人，你一不小心把日头说成太阳了，他们就会笑话你，就会说你“出洋相”，就会说你“撇京腔”，就认为你和他们不是一路人，从而和你隔心隔肺，离你远远的。

曾经有过这样一个故事：当年沟里村的二毛去北京走亲戚，在北京住了三五天后又回到沟里。第二天早晨，他在街面上碰见了自己的亲叔叔，叔叔很高兴很亲切，大步流星走过来，笑嘻嘻问他什么时候回来的，路上累不累。

二毛觉得自己已经是到过京城的人了，已经是开了眼界长了见识的人了，就这样给叔叔回答：“昨天晚上，昨、天、晚、上回来的。”

他很兴奋，他很激动，他很骄傲。兴奋、激动、骄傲中他犯了两个错误：第一，他不该把“夜隔儿”说成“昨天”；第二，他不该把“黑家”说成晚上。

但是他说了。

叔叔笑了笑，向他招了招手：“二毛，你过来，我耳朵不好使，你到我跟前说。”

说时迟，那时快，待二毛走到跟前时，叔叔闪电般地伸出右手，扎扎实实响响亮亮在他脸上扇了一掌，怒火冲天地骂道：“你不学好！坐到碗上？坐你娘的锅上哩，你还坐碗上！”

他一巴掌就把二毛打醒了，小伙子捂着疼得火烧火燎的半块脸，赶紧赔笑说：“叔叔、叔叔别生气，我是夜隔黑家回来的、夜隔黑家回来的。”

那一年叔叔赵老成 45 岁，侄子赵二毛 25 岁。

特别有意思的是，他们叔侄两个这一问一答，竟然在沟里村创造了一个经典：以后但凡有人在他们面前“昨天、昨天”说话时，他们便善意地又是绵里藏针地提醒他们：“哟，坐到碗上？坐到锅上哩，你还坐碗上！”

而且这句问答很经典，适合于春夏秋冬每一天，适合于南来北往每个人。

20 年过去，赵老成已经 65 岁，赵二毛已经 45 岁。

这一年春暖花开的时候，老成被闺女接到北京小住。老成原来想象，北京是京城之地，可能比 100 个沟里村还大；到了北京才知道，沟里村和北京根本没有可比性，北京就是北京，北京让人胸怀壮阔、精神振奋，油然而生一种幸福感、骄傲感。相比之下，那个藏在大山深处的沟里村虽然小巧玲珑、可亲可爱，就有点捉襟见肘，提不到话下了。

来到北京第二天，老成便下了楼到小区的中心花园里散步。那是早晨，春风正柔，朝霞正浓，花园里芳香四溢，万紫千红，正走得兴致勃勃浑身发热时，忽然有人问他："老哥，您好，咱们没有见过面，您是哪天来的呀？"

话语很柔和，声调很好听。

他抬头一看，原来有3位干部模样的人笑嘻嘻地站在了他的面前，非常热情非常友好地注视着他。看他们的年纪，他断定他们3位都是这个小区的退休干部，早晨也在这里遛弯儿，因为走到一起了，便主动和他说话，问候他的情况。

他郑重其事地回答："你们好，我是夜隔儿来的，就住在18号楼我闺女家。"

他们3个都笑了，其中那个高个头、宽肩膀的干部拉住他的手问："老哥，有意思有意思。您告诉我们，夜隔儿是哪一天呀？"

他也笑了。他说："兄弟，夜隔儿就是夜隔儿呗，你还哪一天！"

那个中等个头、体态发胖的干部拉住他的另一只手说："老哥，对不起，您的话我们听不明白——夜隔儿，夜隔儿，是隔了一夜吗？”

他说：“当然是隔了一夜。因为隔了一夜，所以才叫夜隔儿嘛。”

那个个头又小身体又瘦的干部问他：“兄弟，您说话不是本地口音，请问，您是哪儿的老家？”

他说：“我是沟里村的老家呀，离这儿大老远啦。”

那3个人一齐笑了，笑得很开心，笑得很响亮，然后都抱了抱他的肩膀，都非常亲切地说：“谢谢您，打扰您啦，再见！”

吃早饭的时候，他把公园里的事情说给了闺女和姑爷。

闺女很认真地说：“爸，北京可不是咱沟里村，到了北京要说普通话。人家问你，你不能说夜隔儿，要说昨天或前天。要不人家听不懂，要不就会闹笑话。”

姑爷说：“爸，您也不能说您是沟里村的人，中国这么大，谁知道沟里村在哪儿呀？”

他问道：“你说，那我怎么回答人家？”

姑爷说：“爸，您就回答您是河北的，或者回答您是河南的、山东的。”

他很严肃地点了点头：“明白了，明白了，到了北京先要学会说话。”

老汉看了天安门广场，看了升旗仪式，参观了故宫，游览了八达岭长城，一个月后，带着满满的收获和喜悦回到了沟里村。进村之后还未到家，老汉就被左邻右舍的乡亲们围住了。大家一齐簇拥上来，让他讲一讲在北京的见闻。

他迫不及待地问大家：“二毛呢，二毛呢？”

二毛从熙熙攘攘的人群里挤了出来：“叔叔，我在这儿哪，您有事吗？”

他走过去拉住二毛的手说：“二毛，对不起，当年我不该打你那一巴掌；现在我知道了，昨天就是夜隔儿，昨天比夜隔儿好懂、好说、好听。”

他说：“小子，我错了，你能原谅我吗？”

众目睽睽之下，他深深地给二毛鞠了一躬。

推　碾

那时候，沟里村的乡亲们都是从碾子上推着吃。

你家也推，我家也推，他家也推，因此碾子很忙，很少有闲着的时候。

到了年根儿底下，有推白面的，有碾稻谷的，有摊煎饼的，有做豆腐的，有蒸年糕的，碾子就格外忙，从早到晚骨碌碌地转，连明彻夜咯吱吱地响，看着像一盏忙疯了的走马灯，听着是一首沉重而又欢乐的曲儿。

因为碾子少，全村就那么三五盘，怕到时候摸不着，所以就得提前占碾子：看见碾子闲着时，赶紧把自己家的笤帚或簸箕放在碾盘上，就算把碾子占住了，就算这碾子有主儿了，别人家就不能随随便便使用了；即使有特殊情况急着用，也要先给占了碾子的人家打招呼，说好话，征得人家同意后，你才能去推碾，推起来才能心安理得。

这是不成文的规矩，全村子的男女老少都在默默地遵守着、实践着，而且已经有了年头有了历史了。

可是有一个女人偏偏不服（扶）这杆秤，她是赵恒的媳妇李金鲜。李金鲜刚从外州外县嫁过来，23岁年纪，长得人高马大，膀阔腰圆，说话嗓门嘹亮，走路咚咚有声。她不管那碾子是被占着还是没有被占着，只要闲着，只要没人推，她就奋勇向前，牢牢抱住一根推碾棍，风驰电掣般地推将起来，也不和任何人打个招呼。

这样就不好了，就糟糕了，就闹矛盾了，就产生纠纷了。

第一次惹事是和隔壁的二嫂。二嫂30多岁年纪，长得小巧玲珑、瘦瘦弱弱，身子骨非常单薄。

二嫂很不高兴地站在碾道旁边，指手画脚地问："妹子，你推碾也没个章程没个规矩，想推就推呀？"

金鲜笑了："二嫂，可不想推就推呗，我还得给你打个报告呀？推碾还有章程和规矩？是上级下来的文件吗？好哇，你拿出来叫我看看呀。"

她一边说话一边推碾，脚步匆匆，兴致勃勃。

二嫂生气了："他婶子，你别拿着不是当理说，这碾子是我提前占下的，先来后到，轮不到你推呀！"

她还是笑："二嫂，你占着茅坑不拉屎，这碾子是你自己的吗？我不管你章程不章程、规矩不规矩，我见缝插针推上啦，我没碍着别人呀！"

二嫂恼火了："李金鲜，你别得了便宜卖乖，你给我把碾子停下！”

她说：“停下？停下不更耽误工夫吗？我好容易推上了，你总得叫我推完吧？”

她又补充说：“二嫂，愿意闹腾你就闹腾吧；你闹腾，我推碾，两不耽误，可以吗？”

二嫂真想冲上去扇她几巴掌，可是她明白，自己这么弱小，她哪里扇得了她？

二嫂说：“好好好，你硬强，你霸道，你厉害，你推吧；你是新媳妇，小心崴了你的脚，崴了脚上不去炕，还得叫赵恒抱你呀。”

二嫂往地上啐了口唾沫，拔腿就走了。金鲜不气不恼，继续推碾。

金鲜鼓励自己：我没有错误没有不是呀，碾子明明在那里闲着，我抓个空子推上了，哪里犯了王法啦？

金鲜想：哼！

第二次惹事是和村东头的陈大婶。陈大婶50多岁年纪，长得慈眉善目，说话头头是道，担任沟里村生产大队的妇联主任，为人处世很有一套。

陈大婶批评金鲜：“他嫂啊，你也太张狂太没组织纪律了，怪不得有人骂你呢，原来你真是这样啊。明明俺放着笤帚占着碾子，你怎么不言语一声，就咕咚咕咚推上啦？你眼里还有别人吗？你真是骄傲自大、横行霸道、目无乡邻啊！”

金鲜打个愣怔，就把脚步停下了。

陈大婶继续数落："一事当前，你先为自己打算，你哪里考虑别人啊！你的'私'字太大了，你的私心太严重了，你得好好学习、好好改造呀！"

金鲜突然感到事情并不简单，人家是村干部，是妇女主任啊！

她的身上冒汗了。

陈大婶提高了嗓门儿，总结似的说："他嫂啊，古话说没有规矩不成方圆，你到了沟里村，就得按照沟里村的条条道道来，入乡随乡、不算外桩啊。就说这推碾吧，老辈子立下这'占碾子'的规矩了，咱得遵守执行啊，不然你也争我也抢，你一套我一套，那不乱了章法、那不打起来了吗？那还对得起老祖宗吗？"

陈大婶拍拍金鲜的肩膀："侄媳妇，你设身处地想一想，我说的话对吗？"

金鲜红着脸把碾子上的米面打扫干净，对陈大婶说："婶子，对不起，我不推啦，你推吧。"

陈大婶点了点头："好，好，知错改错，这就好，这就非常好。不过你这不是初犯，你得给大家做个检查。"

金鲜的心一阵乱跳："婶子，你说什么？"

陈大婶郑重其事地说："他嫂啊，你别着急，别害怕，把事情说清楚了就好。你是新媳妇，大家不会难为你。"

陈大婶又补充说："放心吧，到时候我在场，我会掌握火候的。”

金鲜回家的时候正好碰上了隔壁的二嫂。二嫂一句话也没有说，只是冲她笑了笑，好像有什么秘密似的。

当天夜里李金鲜失踪了，他男人赵恒也不知道她去了哪里。

几十年过去了，现在沟里村的乡亲们谁家也不再推碾了，都是买白面，都是买大米，都是买现成的东西吃。那几盘石碾早被人们掀翻了。人们嫌它碍事，便扔在了村边儿的渠沟里。

只有老态龙钟的赵恒还在寻找李金鲜，见了人就问：“见到我的鲜儿了吗？我的鲜儿哩，我的鲜儿哩？”

饭后一支烟

沟里村的小梁刚刚学会抽烟，他爹老梁刚刚把烟戒掉。

这一天吃过晚饭，小梁凑到老梁跟前抽烟。小梁抽得津津有味，香香甜甜。

小梁抽完一支又点上一支。

老梁挥了挥手：“去，去，边儿里去，边儿里去！”

小梁问：“爹，怎么啦，我又没有碍着你。”

老梁用手捂住鼻子：“呛，好呛！少抽一支怕什么，还非要连着吸。”

小梁伸出大拇指说：“爹，我可不如你英雄，你说你年轻的时候和人家打赌搞比赛，一家伙连着抽了 18 支！”

老梁笑了：“好汉不提当年勇，那时候是那时候。我现在不是把烟戒掉了吗，又干净又清爽，又轻松又愉快，你趁早把烟戒掉。”

小梁摇摇头：“我不戒，我正抽得上瘾呢。常言说：饭后一支烟，天高地也宽。”

老梁说：“可是你已经抽了两支了。”

小梁回答：“饭后两支烟，飘飘忽忽上了天。”

老梁问：“那要是抽 3 支呢？”

小梁回答：“饭后 3 支烟，不知不觉成神仙。爹，要不您也抽一支？”

老梁很坚决地摆了摆手：“小子你别拉拢我，我不抽！戒烟就得有个坚决劲儿，把今天算上，我已经 33 天不抽烟了，哪能坏了规矩？”

小梁起身就走：“爹，不抽也罢，可是你别后悔，我这烟是别人送的，味道醇厚，特别好抽。”

天上星星出来了，月亮也出来了。这是春天的夜，到处都是泥土复苏桃杏绽放的香甜气息。看着儿子朦朦胧胧的背影，老梁认真地想：儿子是村委会主任，儿子抽的是哪种烟呢？名牌还是冒牌？是张家送的还是李家送的？

老梁想：忘了要他一支。

老梁想：要他一支怕什么，要过来自己也不抽，留在手里做纪念，顶多拿到鼻子底下闻一闻，也算过了烟瘾。

说话到了夏天。晚饭以后，老梁凑到小梁跟前抽烟。

老梁抽得如痴如醉，美不胜收，抽完一支，又点上一支。

小梁挥了挥手：“爹，边儿里抽去，边儿里抽去。”

老梁问：“怎么啦，我又没有碍着你。”

小梁用手捂住鼻子：“呛，好呛！爹，您不知道我已经戒烟啦？”

老梁说：“不知道啊。你哪天把烟戒啦？”

小梁扳着指头数了数：“大概也有半个月了。爹，戒了烟真好，又干净又清爽，又轻松又愉快。您不是很坚决吗，怎么又把戒掉的烟抽起来了？”

老梁说：“都怨你！你小子说：饭后抽支烟，天高地也宽。”

小梁笑了：“那您还是不坚决不彻底，经不住别人诱惑！您看我，戒了就是戒了，戒了就不能再抽。我是村长，我应该说话算数。”

天上星星出来了，月亮也出来了。朦胧的月辉里，小梁看到老头子抽完一支又点上一支，兴致勃勃，有滋有味，就问爹抽的是哪种烟，名牌的还是冒牌的。

老梁说：“小子，这烟是你姐夫送来的，当然是高级烟，当然是名牌的。”

小梁明白了，难怪爹的烟的味道这么香甜这么好闻呢，姐夫在县政府办公室当主任，他送来的烟自然是高档的，货真价实的。看着爹骄傲得喜形于色的脸，小梁给爹伸出了大拇指。

老梁抽出一支烟：“小子，要不你也抽一支？”

小梁摇了摇头：“爹，您别拉拢我。您说过，戒烟就要有个坚决劲儿！”

老梁走了，踏着街巷里皎洁的月辉。看着爹渐渐远去的背影，小梁心里后悔莫及：真是的，要爹一支烟怕什么，要上自己也不吸，留在手里做纪念，顶多拿到鼻子底下闻一闻，也挺过瘾的。

小梁想：不要白不要，爹的烟是姐夫送的。

说话到了秋天，到了农历八月十五。秋也芳香，节也甜蜜，沟里村从东到西、从南到北，一片香甜的气息。

晚饭后小梁去看老梁，老梁正坐在院子里抽烟。那烟的味道辛辣苦涩，一闻就呛鼻子。

小梁问："爹，您怎么抽这种烟？"

老梁说："咳，别提了，靠墙靠倒了，靠人靠跑了，你姐夫给我打电话，说八月十五以前给我捎回两条烟来，可是……"

小梁蹲下来，用手抚了抚老汉的胡须："爹，那烟您就别等了，姐夫的烟是我捎回来的……"

老梁说："那你赶紧给我呀！"

小梁笑了："爹，您说过：饭后抽支烟，天高地也宽！"

包　袱

儿子已经 26 岁了，还没有结婚。

有福老汉便觉得很臊，便觉得在人前人后抬不起头来：村里和儿子同岁甚至年龄比儿子还小的小伙子们早都有娃儿绕世界跑了，那些娃儿早都会叫爸喊妈了，而儿子还是孤零零的一个人！

家里就显得非常寂寞，非常沉闷。

有福老汉想：我儿子不痴不傻、不残不瘸，长得白白净净、机机灵灵，怎么就讨不下媳妇，怎么就比不上别人？

有福老汉先从自己身上找原因，觉得自己诚实厚道、吃苦耐劳，品质上不存在任何问题；有福老汉再从老伴身上找原因，觉得老伴温柔贤惠、善良热心，是个百里挑一的好女人；有福老汉又从家里找原因，觉得自己家庭和睦、互爱互敬，是个充满温暖和亲情的家庭；有福老汉又从其他方面找原因，找着找着心里忽然亮了，忽然非常激动。

有福老汉对女人说："他娘，咱还得盖房啊，咱拆了旧房盖新房，准备给儿子结婚。”

女人说：“咱还盖房吗？咱的房才盖了 3 年，咱 3 年前盖房就是为了给儿子结婚。”

有福老汉说：“你呀，头发长、见识短，咱 3 年前盖的房是用木头盖的，那早落后了，跟不上形势了，这一回咱盖水泥浇铸的，从上到下全用钢筋。”

女人不愿意再盖新房。女人知道老汉的身体已经很弱，怕他经不住盖房的操劳，经不住体力的消耗。老汉已经六十有二，心脏不好，哪里还受得了如此这般的折腾？

女人说：“他爹，你看咱还有拆了旧房盖新房的必要吗？咱的房本来就是新的，住着又挺宽绰又挺豁亮。”

有福老汉说：“有，当然有！没有梧桐树，难引凤凰来，咱不盖新房，怎么对得住儿子？咱不盖新房，还怎么当爹当娘？”

女人迟疑一刻：“那……你手里有钱？”

有福老汉狡黠地笑了：“他娘，实话说给你，咱有钱。我前年在山西大同煤矿打工，存下了 3 万块钱……”

女人的眼睛瞪大了：“他爹，你不是说一分钱也没拿到吗？怎么又……”

有福老汉捉住女人的手说：“那是我哄了你，我心脏不好，怕你叫我去医院治病。我偷偷存下的这些钱是准备给儿子娶媳妇的，必须专款专用。”

女人的眼泪汹涌澎湃地流了出来。女人说：“他爹，这样的事情你也能够瞒着我？我不是你的女人不是你的亲人吗？你看看你这几年吃的啥穿的啥？你照照镜子看看你的脸色！他爹，咱也是人，咱不能不把自己当人看，咱不能把自己折磨得太苦。”

有福老汉扑通给女人一跪：“他娘，对不起，我这可不是和你要心眼,我这么做全是为了咱们儿子——我这不是挺好吗？”

既然有钱，女人主张立刻到医院给老汉看病；老汉主张立刻动手，拆了旧房再盖新房。女人说：“他爹呀，留得青山在，不愁没柴烧，千万别把你的病耽误了。”老汉说：“他娘呀，过了青春没少年，千万别把儿子的婚事耽误了。”两个人争争吵吵，各不相让，后来只好采取抓阄儿的办法，女人先抓，女人抓到什么就干什么。结果女人抓到的不是“看病”而是“盖房”二字。半年之后，他们的新房盖起来了。

他们的新房盖得十分漂亮，为此，有福老汉又从亲戚家里借了一些钱，那房便在明媚的阳光下闪闪发光了。为了给儿子一个惊喜，有福老汉在盖房的时候没有通知在南方打工的儿子，他说告诉他干什么？我是他爹，我给他盖房天经地义、责无旁贷！

新房竣工那天，有福老汉非常高兴，晚上特地买了一瓶啤酒，就着一碟咸菜喝。女人要给他炒几个鸡蛋，他说别炒了，我什么都能吃，那鸡蛋给儿子留着。喝酒的时候他的眼里忽然有了泪水，他和女人说：“他娘，对不起，我又欺骗你了。半年以前我做阄儿的时候搞了鬼，两个阄儿都是写的‘盖房’二字，你上当了！”

女人生了气。女人越想越生气。女人突然怒不可遏地说：“我不是你女人！你少搭理我！”

有福老汉抱住女人号啕大哭：“他娘，请你理解我原谅我，我是为了儿子，咱们还不是为了儿子活着吗？告诉你，明天我就到大同煤矿打工去，那个老板喜欢我，说我干活不偷懒，很实在——咱不是借了亲戚们许多钱吗？”

女人说：“我不管，我不是你们家的人，你愿意怎么着就怎么着！”

女人这天晚上没有和有福老汉在一条炕上睡觉。女人想：我离你远点儿，跟你把关系搞僵，看你明天还敢去大同煤矿打工！

第二天早晨女人喊他吃饭时，怎么也喊不醒了：他的眼睛虽然睁得很大很大，身上却凉了。他的旁边放着一个小小的包袱——他这一辈子连个提包都舍不得买，每次出远门都是挎着这个包袱，一挎这个包袱就是要出门挣钱。

女人把包袱打开，里面有两件换替衣服、3个干馍、一疙瘩咸菜，还有儿子小时候的照片，这张照片平时老汉总是揣在怀里。

女人说：“他爹，你好狠的心，你是宁可不要我，也要背着这个包袱出门呀！”

女人立刻给儿子打了电话。儿子说：“娘，我爹简直是瞎操心、乱张结！我本来在广东找好了对象，以后就在广东安家落户了，我爹还在家里胡折腾什么？这里很忙，爹的后事你看着处理吧，好就好，歹就歹，我就不回去了。”

女人还想和儿子交涉一些什么时，儿子已经把电话挂了。

小子和闺女

沟里村，赵日和赵月是邻居：他们两家隔着一堵墙，左边儿是日头，右边儿是月亮；如果把墙拆掉了，他们就是一家子。

其实他们就是没出五服的一家子：赵日是哥哥，农历八月十五日生人；赵月是弟弟，农历九月初九出生。赵日家里老婆孩子4口人，赵月家里也是老婆孩子4口人。赵日家里的4口人是老婆加上一个儿子再加上一个儿子，赵月家里的4口人是老婆加上一个女儿再加上一个女儿。为此赵日很骄傲很神气，走起路来挺胸昂首、目不斜视，脚步虎虎生风，浑身都是霸气；赵月却很自卑很惆怅，成天低头耷脑，唉声叹气，好像自己做错了事情，偷了人家的东西似的。赵日揣摩透了赵月的心情，明知故问地说：“哎呀兄弟，你这是咋的了？好端端的光景你不好端端地过，成天愁眉苦脸唉声叹气！你说说，谁该下你的了还是谁欠下你的了，我给你朝他要去！”

赵月心里一酸，低下头回答：“哥，没事没事，我没事，你干你的活去吧，别为我操心上火啦，现在正是忙时候。”

赵日偏要问下去：“兄弟呀，没事你就掉泪啦？没事你就抬不起头来啦？既然你不告诉我，看着我不亲是不是？看着我是外人是不是？”

眼见赵日追问得紧，无奈之下赵月说了心里话。他告诉赵日说：“哥呀哥呀，我这一辈子算是完啦，我只生了两个闺女，上对不住天地，下对不住父母，成了名副其实的老绝户，活着还有什么意思？”说着话，眼里的泪水淋淋漓漓流出来，竟然泣不成声。

赵日心里很惬意很舒坦，他很慷慨很痛快地说：“兄弟，如果单为这事你就别发愁别难过了，我给你个小子，你给我个闺女，咱们两家换一换，不就两全其美、没有问题了吗？”

赵月猛地兴奋起来，抓住赵日的手说：“哥，真的？”

赵日笑了：“兄弟，当然是真的！不过这事非同小可，我得跟你大嫂商量商量，征得她的同意。我们家是你大嫂当家，你是知道的，你是了解的。”

赵月很高兴很期盼，晚上请赵日喝了一场酒，两个人举杯把盏，话不一席，你呼我应、我问你答之中都喝醉了。

第二天赵日告诉赵月：“兄弟，对不起，女人家头发长见识短，换孩子的事情你嫂子不同意，和我大吵大闹要死要活，叫我束手无策，只觉得对不住你。”

赵月问：“大哥，我没有听见你院里有什么动静呀？”

赵日说：“你当然没听见，她是在屋里和我闹腾的，我们关着门子。”

其实赵日压根没和女人提起换孩子的话：用自己的儿子去换一个丫头片子，疯了吗？傻了吗？不记事了吗？

他知道赵月的心事。他是故意和他开个玩笑，逗他玩玩儿而已。

那一年，赵日 32 岁，赵月也是 32 岁。

话说光阴如箭，日月如梭，33 年过去，赵日和赵月都成了 65 岁的老人。两个人坐在一起说起话来，赵日愁肠百结，满眼是泪；赵月笑逐颜开，满心欢喜。原来是赵日的两个儿子娶了媳妇忘了爹，孩子们不孝顺不待见，老头子无可奈何地吃上了轮头饭：他吃的都是人家吃剩下的饭，那饭菜凉一顿热一顿，咸一顿淡一顿，酸一顿辣一顿，硬一顿软一顿；有时候干脆把他忘掉了，他去儿子家里吃饭时，人家早已经洗了锅，刷了碗；有时候还把大门锁住，叫他进不了院子。

赵月知道赵日的生活景况。他劝赵日：“大哥，既然我大嫂不在了，你再找个老伴儿行吗？常言说，满堂儿女，不如半路夫妻。”

赵日回答：“兄弟，我倒是愿意再找一个人，可是儿子们答应吗？儿媳妇们答应吗？他们不答应，那我不是故意找气生，故意找别扭吗？再一说，像我这样的家庭情况，哪个女人愿意来呢？”

赵日又很感叹地说："赵月兄弟，我可不敢和你比呀！你大丫头在省城上班，你不干活也有钱花；你二丫头就在咱们本村做媳妇，你不动弹也有热乎饭吃。和你相比，我是拿砖比天——丢死人啊！"

赵月想了想也是，他的大丫头在省城上班，每个月都有1000元的人民币给他邮到家里来；他的二闺女就在本村做媳妇，每天都来三四趟，看他们吃的什么穿的什么，屋子里冷不冷、热不热，帮着做饭洗衣服，帮着烧水打扫院落。她们姐妹两个还分了工，大丫头给他买了手机，二丫头给娘买了手机，现在不管他们老两口走到哪儿，闺女们都能和他们说话，叙叙家常，说说国家大事。

想到这些，赵月的腰挺得直直的，越发地兴奋和得意了。

那一天阳光灿灿，春风徐徐，村周围的桃花开得如火如荼，渲染得田野里的空气都是香的。早饭以后，赵日在村口迎面碰上了赵月两口子。好家伙，那老两口精神抖擞，穿戴一新，还手拉着手肩并着肩，站在那里等候过往的班车。

他先扬起手来招呼他们："兄弟，你们老两口穿戴这么光鲜，这是要去哪儿啊？"

赵月笑嘻嘻地回答："哥，我们老两口要去省城走走看看，大闺女又催我们了！"

他接着问："去了要住些日子吗？"

赵月的老伴儿回答："大哥，这一回去了要住些日子。大丫头说，要领着我们去旅游，看看我们国家的大好河山，还要我们坐飞机哪！”

班车来了，那老两口笑嘻嘻地上车了。

人家往县城走往省城走，他往村里走。走了几步，他又碰上了赵月的二丫头。她手里提着一个花布兜兜，慌慌张张跑了过来。

丫头气喘吁吁地问：“大伯，您看见我爹我娘了吗？”

他说：“看见了看见了，他们刚上车，刚走。”

丫头说：“我叫他们等等我，他们偏不等着我。我给他们煮了20个鸡蛋，叫他们路上吃，他们不听话，说走就走了。大伯，我把这几个鸡蛋给你吧。”

拿了那热乎乎的鸡蛋，赵日没有回家，而是直接来到了老伴儿的坟头上。

他蹲在那里说：“他娘啊，你吃鸡蛋吧。我问你一句话，你为什么、为什么走得这么早啊？”

他流着满眼的泪水说：“他娘啊，你傻啊，你为什么、为什么不给我生个闺女啊？”

一个人加一个人

五里铺村过庙会这天，七里铺村的人几乎都去了：一是因为守着近，两个村相隔只有 3 里路，溜溜达达就到了；二是因为庙会上唱的是省剧团的梆子戏，省剧团来了不少名角，可以大饱眼福可以大饱耳福可以足足地过几场戏瘾；三是因为这一天的天气好，这一天是农历三月十五，阳光灿烂，春风轻柔，赶集上庙实在是一种幸福的享受，所以一家家都去了，街巷里空空荡荡看不见人了。

当然也有没去的，比如杨老秋，比如张德旺。

早饭之后杨老秋拄了一根拐棍，敲敲打打地摸到张德旺的院子里来了。杨老秋 45 岁，年轻的时候闹过一场大病，两只眼睛失明了。他常常摸到张德旺的院子里来，和张德旺说庄稼话桑麻，谈天文讲地理，有时候还聊聊新闻和时事：家里就他一个人，他嫌待在家里孤独寂寞没意思。

杨老秋进院就喊：“德旺大哥，你没去十里铺村赶庙呀？

你不是很喜欢看戏吗？”

坐在轮椅上的张德旺大声笑了。张德旺说：“兄弟，你是哪壶不开提哪壶，你不知道我的两条腿瘫痪了呀？我要能走早到庙会上去了，还用你问？”

杨老秋说：“孩子们呢？让他们推上你去呀！”

张德旺长长地叹了一口气说：“兄弟，我和你说实话，孩子们不是你大嫂，如果有你大嫂在……可惜你大嫂两眼一合走掉啦，再也不管我啦。”

杨老秋摸到张德旺跟前，照例扯过那张凳子坐了下来。张德旺的轮椅旁边，经常摆着一只板凳，谁来了谁坐，图个说话方便。杨老秋坐惯了这只板凳，一伸手就把它拉了过来。

张德旺呷了一口茶，杨老秋点了一根烟，两个人的谈话进入正题。

张德旺说：“老秋兄弟，知道今天唱什么戏吗？”

杨老秋说：“知道呀，省剧团的拿手戏《穆桂英挂帅》。这出戏可好，要文有文，要武有武，忠勇爱国，鼓舞士气，你听我给你唱上几句：辕门外三声炮如同雷震，唤起我穆桂英壮志凌云……”

张德旺摆了摆手说：“别唱了别唱了，你这一嗓子就像猪叫唤，把戏都给糟蹋了！想当年我在咱们村剧团，演的就是穆桂英，那身段、那台步，一亮相就是满堂彩！我是威震四方，大红大紫，走到哪儿都有一群女人跟着，你听我给你唱一段……”

杨老秋知道张德旺说话没准儿，有大的不说小的，有好的不说坏的，是村里自我吹嘘、自我夸奖的典型。杨老秋说："大哥呀，我的岁数也比你小不了多少，我怎么不知道你演过穆桂英啊？你在村剧团演过戏吗？"

张德旺说："那时候你还穿着开裆裤、撒尿和泥玩呢，大人们的事情你哪里知道？"

杨老秋认真了："就算我穿着开裆裤，我也记事了呀！从我记事那一天起，我就没有见你演过戏。"

张德旺说："那时候你还没穿开裆裤，你还在你爹腿肚子里转筋呢！"

杨老秋说："那我爹应该告诉我你演过戏呀，可是他一个字也没有提过。"

张德旺不高兴了："杨瞎子，你今天诚心咬我的蛋是不是？告诉你，我演戏那工夫，你爹还在你爷爷的腿肚子里转筋呢，他怎么知道？"

杨老秋起身就走。杨老秋很生气地用手里的棍子敲了敲那只板凳。杨老秋说："张德旺，你今天污蔑我爹，敢拿我的老人开玩笑，我饶不了你！"

张德旺说："饶不了咋着？你还敢打我两下子？"

杨老秋说："我打你干什么？我再也不搭理你，我再也不来看你，我走。"

杨老秋下了台阶、一步一步走到张德旺的大门口时，十里铺村戏台上的锣鼓爆豆般地响起来了。那声音清脆、响亮，活泼亲切，振奋精神！杨老秋猛地一愣，就把脚步停住了：他今天本来是想给张德旺一个惊喜，约上他一块去十里铺看戏。如果自己一气之下走了，那不耽误大事了吗？省剧团把戏送到了自家的大门口，这种机会很是难得。

杨老秋想：张德旺一辈子就是那种吹吹打打的脾气，只当刮了一阵耳旁风，我和他计较什么？

杨老秋想：这瘫子成天在家窝着，也是怪可怜的。

杨老秋又返了回去。杨老秋说："瘫子，你听见了吧？人家的锣鼓响起来啦，马上就要开戏啦。"

张德旺说："响它响吧，开它开吧，我又走不了，你甭眼气我。"

杨老秋说："你别悲观，我年轻力壮，我要把你推到庙会上去呢？"

一听这话，张德旺高兴得差点从轮椅上站了起来。张德旺拍着巴掌说："兄弟，好兄弟，你要能帮这个忙、把大哥推到戏台底下看戏，你就是救苦救难的活菩萨！今天中午我请你吃饭，还请你喝酒——不过这活又苦又累，你这是图个啥呢？"

杨老秋说："我也去看戏呀，看不见我可以听，听听也很舒畅，也很过瘾！大哥，今天中午我请你吃饭，没你我也走不了，你是给我带路的。"

张德旺抱起怀里的茶杯，把右手一挥："兄弟，急不如快，咱走！”

杨老秋扔了手里的那根拐棍：“大哥，咱走。”

杨老秋推着轮椅走出村子走上大路的时候，太阳已经升高了。田野里桃杏盛开，杨柳绽绿，一阵一阵的和风吹过来，让人感受到强烈的春天的气息。张德旺像只出笼的鸟儿，兴致勃勃地告诉杨老秋路面上哪里有坑哪里有坎，哪里有车哪里有人；杨老秋意气风发，尽职尽责，左拐右绕，把轮椅推得又快又稳。看看快到十里铺时张德旺扭回头来问：“兄弟，你累吗？我有 3 年不到戏台底下看戏啦，谢谢你，谢谢你！”杨老秋说：“不累，不累，我有两年不出村了，我很高兴，我很愉快！应该谢谢你，你是领道的。”张德旺说：“那明天咱俩还来看戏？”杨老秋说：“咱们打赌，谁不来谁是小狗！”张德旺说：“兄弟，我那会儿对不起你，我真的没在村剧团待过，更没有演过穆桂英，我那是糊弄你，你还不知道我的脾气？”杨老秋说：“大哥，凡事和为贵，过去的事情了，不提，不提！你看你加上我，咱不是好日子！”

揭老底

那一年，儿子 8 岁，老爹 30 岁。

那一天吃过早饭，儿子背上书包要去上学，老爹扛上锄头要去下地。两个人在大门口分手的时候，老爹说：“狗旦，到了校里要好好学习，要听老师的话，要安分守己。”儿子说：“爹，你放心，有你管教着，我哪敢调皮捣蛋，等什么时候考试，我一定给你拿个第一！”

那时候还不时兴说“拜拜”，说了上述的话，他们笑了笑，然后各走各的。

晌午了，老爹淌着满头大汗回家吃饭，家里却没有儿子。

老爹问女人：“狗旦呢？”

女人说：“他还没回来，要不你先吃？”

老爹说：“等等吧，孩子还小，上学挺费脑筋，他不在我也吃不下去。”

等了一小会儿，儿子没有回来。

等了一大会儿，儿子还是没有回来。

老爹沉不住气，就到小学校里去问老师。老师摊开双手说："你问我我还问你呢，你家狗旦今天上午就没来上学，怎么回事？"

老爹一下子蒙了。老爹压根没想到儿子敢和他耍心眼儿，小小年纪就弄虚作假，光天化日之下糊弄老子。

老爹觉得自己丢了尊严丢了脸面，让老师小看自己。

老爹在村南的树林里找到了儿子。儿子正爬在一棵老杨树上掏那个鸟窝，爬树的姿势很像一只灵巧的猴子。

老爹怒不可遏地吼道："狗旦，你真不是个东西！"

儿子压根没想到老爹会来找他。老爹的一声怒吼如同晴天霹雳。儿子猛地受了惊吓，双手一抖从树上掉了下来，啃了满嘴沙子。

老爹也不管儿子摔得轻重，上去就踹了儿子两脚，怒火中烧地道："叫你上学你不上，你还和我耍把戏，活该，摔死你！"

老爹又骂："你滚蛋，你不是我儿子！"

儿子很倔。儿子爬起来，挥了挥拳头说："爹，别看现在我打不过你，等你老了以后你打不过我。你常说三十年河东，三十年河西……"

若干年过去以后，儿子 60 岁，老爹 82 岁。

老爹真的老了，老得弯腰驼背步履踉跄，老得白发苍苍嘴里没了牙齿。

儿子的身子骨依然硬朗，硬朗得推车挑担追星赶月，浑身都是力气。

晚上儿子照例给老爹洗脚，一年四季儿子每天晚上都给老爹洗脚。

儿子把水倒进脸盆，把老爹的裤腿挽起来，笑皱了一张脸说："爹，咱们开洗。"

老爹把脚一伸，嘴里"吸溜"一声："哎呀狗旦，好烫！"

儿子把老爹的脚轻轻吹了几口，赶紧添凉水："爹，这回你再试试；你慢点儿，悠着点劲儿。"

老爹先放进水里一只脚，并用那只脚划了划水："这回看好，不凉不热的。"

儿子跪在老爹跟前，抱住老爹的两只脚轮换着洗，一边洗一边搓，咯吱吱，咯吱吱，声音如诗如歌，柔韧绵长，很有韵味。

正是春天，屋里有只蟋蟀叫起来，咯吱吱，咯吱吱，声音如诗如歌、柔韧绵长，很有韵味。

灯光闪闪，和风悠悠，老爹倚墙而坐，合了眼睛听歌，舒服得如痴如醉。

老爹唱了起来："咯吱吱，吱吱咯，又是洗又是搓，没酒我也醉，我儿孝顺我。"

老爹突然问道："狗旦，你还记得那件事情吗？那一年你上树掏鸟，从树上摔下来……"

儿子说："记得记得，那一天我逃学，爹骂我真不是东西！"

老爹红着脸笑了：“你别哪壶不开提哪壶——我能那样骂你吗？”

儿子也笑了：“爹还不让我回家，说我不是你儿子……”

老爹说：“一个巴掌拍不响，你别光揭我的老底，你不也说了三十年河东、三十年河西的话吗？要不你就打我两下，我现在是没有还手之力了。”

儿子说：“爹，你别和我一般见识呀，那时候我不还是一个孩子吗？”

老爹说：“狗旦，爹现在可不是和你算后账，爹是想问问你，爹那两脚踹下去，你是不是疼得火烧火燎、头昏眼黑？”

儿子说：“爹，疼是疼，只疼了那么一小会儿。”

老爹说：“可是爹疼了50多年……”

一连串的泪水落下来，很响亮地掉到了脸盆里。儿子抬头一瞅，老爹泪光闪闪，哭得像个孩子。

这是奖金

老汉名叫赵玉树，老婆儿名叫白如云，夫妻两个岁数一般大，都是62岁年纪了；身份也一样，都是沟里村普普通通的村民、普普通通的乡亲。

沟里村真的是在山沟里，山也苍苍，沟也茫茫。

儿子在外打工挣钱，媳妇在外挣钱打工，孙子孙女都在外面上学读书，家里只剩下他们二位：不管出来进去，不管清晨黄昏，一棵绿树，一朵白云。老汉手脚勤谨，做事认真，是被村委会聘任的保洁人员，专门给村里打扫卫生；老婆儿心细手巧，忙里忙外，执掌这个家庭。

反正也没人看见，反正也没人听见，这天早晨老汉就和老婆儿开这样的玩笑，老汉说："哎呀老太太，你看见天上那块云彩了吗？那才叫白得鲜亮，白得纯洁，白得让人动心。你的脸面比那锅底还黑，你凭什么名字叫作白如云？"

老太太并不生气，更不恼怒。老太太笑了，说："哎呀老汉，你的个头儿才到人家的肩膀头儿，矬得好像地蘑菇，你凭什么叫作赵玉树？你比树还高？你比树还粗？你比树还直？你比树还硬？”

老汉说不过老婆儿，又自知自己个头儿小，而且是自己先挑衅，所以就笑，就认输。老汉拱拱手说：“好好好，今天早晨是我没事找事，我输了，我去打豆腐脑儿。我保证打回来的豆腐脑儿又香甜又热乎，保证咱们吃得好、喝得好。”

他们二位牙不好，吃不了硬东西，早餐最喜欢喝豆腐脑儿。豆腐脑儿有稠有稀有滋有味，香香甜甜，热热乎乎，颜色也好，营养也好。

老太太给了老汉 5 块钱，郑重其事地嘱咐说：“你去吧，买两碗，多搁香菜少搁醋，再给我剩回 1 块钱，记住了？”

老汉点了点头：“记住了，5 块钱买两碗，两块钱一碗，2 乘以 2 得 4，2 乘以 3 得 6，2 乘以 4 得 8……”

老太太说：“别瞎扯，还有呢，还有呢？”

老汉回答：“再给你剩回 1 块钱，对吗？”

村里那个卖豆腐脑儿的人名字叫作赵顺，45 岁年纪，精明能干，为人随和，摆摊儿卖早点已经有了五六年的时间，生意很是红火热闹。在他的摊位上买着吃的，不光是沟里村的人，还有三五里地以外的乡里乡亲，还有乡政府的干部，还有在小学校教书的老师们。

赵顺管玉树老汉叫姑父。虽然不是亲姑父，但是毕竟沾一点点亲。

看见老汉提着那个保温筒来了，赵顺马上热情洋溢地打招呼："姑父，您好，您早！"

老汉回答："不客气不客气。赵顺你好，你早！"

赵顺问道："姑父呀，奇怪呀，买早点的事我姑姑怎么没来，您来了？"

老汉不好意思说出事情的真相，只好编个理由回答："她来我来一个样，女人能做到的事情男人也能做得到。我们老两口都喜欢吃你的豆腐脑儿，谁买回去都热乎都香甜，都吃着舒心。"

说得赵顺很高兴，忽然间就想起了什么：去年县里和乡里的联合检查组来沟里村检查环境卫生时，对赵顺的小吃店提出了严厉批评，说他在院里乱放、乱扔杂物，乱倒脏水，一个人抹黑了全村的环境卫生，一定要罚款 1000 元，作为深刻的教训。赵顺不服，差点儿和乡政府的领导打了起来；玉树老汉赶紧出面调解，说责任都在自己身上，自己是沟里村的清洁工，却没有尽到清洁工的责任，辜负了领导和乡亲们的期望，因此很后悔很痛心，自己情愿交出 1000 块钱，为的是接受教训、长个记性。

看见老汉这么诚恳，这么勇于担当，检查组的人很受感动：他们没有收他的钱，还向他深深地鞠了一躬。他们说村委会聘用的清洁工是负责街面上的清洁，而不负责某个家庭某个私人店铺的清洁卫生。他们说沟里村街面亮堂，村容整洁，道路通畅，厕所干净。

想到这活生生的一幕，赵顺心里仍不平静。赵顺说："姑父，您先找个座位坐下，您坐下之后喝我一碗豆腐脑儿。这碗豆腐脑儿我不要你的钱，算我对您的孝敬和尊敬，请姑父赏脸，请姑父答应！"

老汉说："我白喝，那你姑姑怎么着？她还在家等着呢！"

赵顺说："您再买一碗给她带回去，不就花好月圆、她也有你也有了吗？"

老汉摇了摇头："赵顺啊，谢谢你，我还是买你两碗豆腐脑儿，买回去我们一块吃、一块喝。你千万千万要记住，搞好你小吃店的清洁卫生。"

赵顺点了点头，表示一定一定。

老汉又说："根据我听到的消息，县里的检查团又快来检查咱们村的卫生了。比起往年，今年检查得更仔细、更全面、更严格。"

老汉回到家里时，太阳已经出山了。

这是阳春三月，在灿烂的朝霞里，蓝天一片明净，桃杏一片芳香。

老汉很激动很详细地和老太太说了买豆腐脑儿的事情，并把剩下的 1 块钱交到女人手里，请她把钱收好，然后很响亮很干脆地说："吃饭。"

女人却很严肃很果断地说："等等，今天等等再吃。"

老汉问道："等等？等等不就凉了吗？为什么要等等？"

女人把那 1 块钱“啪”地一声拍到了老汉手里。

女人立起身来很郑重很响亮地说：“老汉，你今天行得端正、做得漂亮，长了我们的志气，这 1 块钱原物给你，这是奖金！”

你又没有告诉我

作为一个庄稼人，沟里村的赵强老汉耕种锄耪、收割打场样样都会，样样都是出类拔萃的好手，样样都在村里冒尖，样样都让人敬重让人羡慕；可是遗憾得很，这个赵强也有自己的短处，他就是从来没有做过饭，因而不会做饭。没娶媳妇之前，娘给他做饭，保证一日三餐吃得热乎，吃得舒心；结婚之后，媳妇给他做饭，保证一日三餐吃得及时，吃得香甜。老汉今年已经 55 岁，场里地里什么活都干过了，风里雨里什么苦都吃过了，就是没有做过饭。

可是如今，娘已经去世了。

可是今天，老伴儿身体很不舒服，躺在床上起不来了。

可是一男一女两个孩子，都在遥远的城市里打工，恰好不在身边。

可是这会儿夕阳西下，满天霞光，按习惯该做晚饭了。

老汉叹了口气，有些惆怅地说："老太太，想吃什么你说话，我到咱们村小吃店里给你买。他们那里有水饺、包子、米饭、烙饼、馒头、面条儿……”

女人摆了摆手：“他爹，快别提他们了，他们那两下子我知道，你说的这几样我都不想吃。”

他说：“不提也得提，人家还有各式各样的炒菜，比如炒鸡蛋、木须肉、烧茄子、杂烩菜、豆腐炖粉条……”

女人摇了摇头：“他们的菜再好再香甜，可我就是不想吃，买了也是白花钱。”

老汉发愁了，叼着一根烟在地上转了好几圈。他皱着眉头说：“那该怎么着？你总得吃点儿东西呀！人是铁，饭是钢，一顿不吃心发慌，你不吃东西，我心里好受吗？”

想到女人的贤惠和操劳，他的眼里真的浮出了泪花。他这一辈子最满意最高兴最甘甜最享受的事情，就是娶了一个好女人：女人时时刻刻守在他的身边，勤俭持家，善待邻里，把日子过得温馨香甜、花好月圆。

女人看见了他眼里的泪花，想了一刻说：“他爹，你给我煮几块山药吧，我忽然想吃山药了；那玩意儿又面又甜，还有营养，还咬得动不费牙。”

山药就是红薯，红薯就是山药。他很是欢欣鼓舞，因为女人说出了他的心里话，他也想吃山药了；而且煮山药的活最为简单，谁都会煮，不用香油不用醋，不要任何技术；而且这工夫正是深秋时节，家里就有刚刚刨回来的新鲜山药，那山药个头大，红润鲜亮，舒展顺畅，看见生的就想吃熟的。

他挽了挽袖子说：“好好好，老太太，这件事情不难办，我马上就给你煮。”

女人有些不放心：“他爹呀，你会煮吗？”

他说：“哎呀，你别门缝里瞧人——把我看扁了。煮山药既不是包饺子，又不是擀面条儿，不是什么技术活，没有一点儿含金量，你就等着吃吧，别瞎操心了。”

女人挥了挥手，说：“那好，那就好。你到厨房煮去吧，一定要把山药洗干净，一遍不行洗两遍，两遍不行洗3遍，一定要把山药洗干净煮软和……”

他笑了：“3遍不行洗4遍，4遍不行洗5遍。你就放心吧，我这是第一次给你做饭，保证打响头一炮，保证你能够吃上又甜又面又香又软和的煮山药！”

遵照女人的嘱咐，他在厨房里把准备下锅的生山药洗了3遍。他对手里拿着的又粗又长又光滑又好看的大块山药说：“哎呀呀，好好好，好好好，难得你们到我们家里来了！你们长得长，长得粗，长得光滑，长得水灵，我们心里高兴高兴真高兴，乐和乐和真乐和！”他对手里拿着的比较细小的山药说：“哎呀呀，你是怎么搞的呀？你看看人家，人家长得又粗又长，又光堂又顺溜；你看看你，你长得又小又瘦，曲里拐弯，疤疤点点，你对得住我吗？对得住我老伴儿吗？告诉你，明年给我长好点儿，长直溜点儿，长粗实点儿，长出息点儿。”

连说带洗，总算把山药洗干净了。

连说带装，总算把山药装进锅里了。

正要在灶膛里点火时，听见女人吆喝他。他又大踏步地跑回卧室里，问女人有什么吩咐、有什么交代。女人强撑着身子坐起来，表示这顿饭还是自己来做，这样吃着放心，吃着香甜，吃着踏实。

他听不明白了，他问："你说详细点，这是为啥？"

女人说："因为我是做饭的，因为你是干活的；因为我天天在家里做饭，因为你天天在地里干活。"

他笑了："老太太，你这思想太守旧，在地里干活的人就不能在家做饭了吗？"

女人说："老头子，问题是你从来没有做过饭，不知道先怎么着、后怎么着。"

他很严肃："哎呀，你叫我做一顿，我不就做过饭了吗？我不就明白应该先怎么着、后怎么着了吗？不就打破了纪录丰富了我的生活了吗？"

女人觉得他说的话也有道理，就不再坚持自己的意见，就又躺在床上，等候吃饭，等候吃一顿现成的饭，等候吃几块软软和和、香香甜甜的老头子煮的山药。

老汉很激动，赶紧跑回厨房，把洗干净了的山药倒进锅里，然后烧火。

老汉很骄傲：啊，谁说我没有做过饭，我这不是正在烧火吗？

老汉很兴奋：啊，老伴儿吃了我煮的山药，她的病肯定能够见好！

老汉很幸福：啊，这可不仅仅是一顿饭的事，这是态度，这是品格！

老汉很负责，加了一把火又加一把火！

女人又喊他。他嫌女人麻烦，装作听不见，又加一把火，再加一把火。

女人终归扶着墙根找到厨房里来了。女人在他肩膀上猛拍一掌："死鬼，好大的干锅味儿，你锅里添水了吗？"

他恍然大悟。他没有放水。他忘了放水。他掀开锅盖一看，铁锅都烧红了，爆裂了。

他很惭愧。他很羞涩。他立在那里自我检讨说："老伴儿呀，对不起，放水不放水，你又没有告诉我。"

不叫遛弯儿叫散步

葫芦老汉从省城回到老家沟里村，正是夕阳西下、落霞缤纷的傍晚时分。一下子走了一个多月，他很是想家，想念家乡的山水，想念家乡的亲朋，想念家乡的月亮，想念家乡的细雨和风。等得吃了晚饭、收拾好碗筷之后，他对女人说："走，你和我到村外转悠转悠，看看那小路，看看那树林，看看那沙滩，看看那河水，看看那……"

女人问："咱们两个一起去？并着肩膀一起走？"

他说："那是当然。我在省城儿子家里，天天晚上出门遛弯儿，可惜你不在我的身边，一个人转来转去，就少了成色，少了滋味，少了意思！"

女人摇了摇头："意思？什么意思？你去吧，俺不去，咱们俩在一块瞎转悠，俺怕别人笑话。"

他笑了："都 60 岁的人了，老夫老妻了，谁笑话？常言说，饭后百步走，活到九十九。装上你的手机，走吧。"

他伸手去拉女人时，女人躲开了。

葫芦没了奈何，仰天感叹道："哎呀，就你脸皮薄！在省城的大街上、花园里，人家红男绿女，双双对对，搂着的、抱着的，都是两口子。人家都不怕，你怕什么？"

女人很严肃："老汉，那可不一样，人家是在省城，咱们是在山沟里。"

葫芦说："山沟里就不是人啦？山沟里的人就没感情啦？山沟里的人就矬半截啦？山沟里的人就……"

女人说："你别和我抬杠，反正我不和你去。"

说不服，劝不动，葫芦只好一个人走出门来，沿着村边的小路，向流淌在沙滩上的那条小河走去。阳春三月，月色朦胧。小路上鸟语花香，和风习习。葫芦正在感叹自己的女人如何如何头发长见识短、如何如何思想保守、如何如何生活得可怜时，回头之间，看见一条黑影跟在身后；那影子若即若离、扭扭捏捏，很有意思。

葫芦哈哈大笑。葫芦喊道："老太太，赶快跟上来吧，还拿捏什么？我知道是你，我的那位韩大妮！"

女人跑了几步，就跟上来了。女人问："老汉，你怎么知道是我跟着你？"

葫芦拉住女人的手："常言讲，秤杆儿离不开秤砣，老头儿离不开老婆，有感情嘛，所以你一定会跟着我。老太太，你看这夜色多么美好，你看这天地多么广阔，你看这山水多么明媚，你看我们两个多么亲密！”

女人很吃惊：“谁们两个？”

葫芦抱住女人的肩膀：“大妮，你说呢？”

女人说：“去去去，你敢叫我的小名，你老葫芦真是长了出息。”

一言未了，女人的手机响了，是儿子从省城打过来的。儿子问候娘的身体，问候娘的生活，问候爹到家了没有，问候爹晕车了没有，一路上是不是顺利。葫芦很高兴，正想和儿子说几句时，儿子却把电话挂了。

葫芦很遗憾地说：“这小子，光知道他娘——我也有手机，他不打我的。”

女人说：“你小心眼儿，儿子哪里亏待了你？”

他们沿着小路，走过一片冒着花香的桃树林，来到了洁白细腻的沙滩上。沙滩很柔软，一踩一个脚窝窝。

女人说：“哎呀，脚底下好暄乎，你小心点儿。”

葫芦说：“暄乎一点好，有弹性，踩下去舒服。”

他们走到小河边，河水很清亮；细微的波浪涌起来，层层叠叠，咿咿呀呀，又似有声，又似无声。

葫芦说：“老太太，你明白了吗，如果只是我自己来，那是名副其实的遛弯儿，走出来走回去，很是枯燥乏味；现在咱俩来了，内容就丰富了，这遛弯就成了一种陪伴、一种责任、一种滋润、一种享受。”

女人点了点头："老汉，你是怎么想到这一招的呢，还非得叫上俺？"

葫芦说："我在省城学的呀。城里人能做的事情，咱乡下人就不能做吗？"

女人说："老汉，明天晚上咱们还出来转悠。看着那月亮，看着那星星，看着那长长的流水，我心里就宽绰，浑身就舒坦。"

一星期之后，村主任二毛突然来到葫芦家里，开门见山、郑重其事地说："姑父，您好，我能给您提个意见吗？"

葫芦说："可以可以，当然可以。你是主任，你随便提。"

二毛说："老人家，您以后晚上出来遛弯时，别带我姑姑好不好？您这一带呀，好家伙，乱套啦！"

葫芦说："等一等，你把话说清楚，什么好家伙，什么乱套啦？"

二毛说："我的天，您没看见吗，您这一带头，咱们村的老夫妻、小夫妻双双对对都出来遛弯儿了，深更半夜的，出了问题怎么办？"

葫芦说："人家都是两口子，能出什么问题呀？"

二毛说："有的不是两口子，也出来瞎跑。"

葫芦说："不是两口子，也能出来遛弯儿呀，怎么会是瞎跑？你没看见吗，乡亲们遛弯儿时有说的有笑的，有扭的有唱的，有吹笛子的有拉胡琴的。现在咱们村热闹了，活泼了，有了生气、有了气象了，你二毛脸上也光彩呀！"

二毛高兴了:“姑父,谢谢您的吹捧,谢谢您的夸奖。这么说,您是给沟里村办了一件好事呀！”

葫芦说：“你说呢？你40多岁的人，应该比我们想得透彻想得周到。”

几天之后，葫芦老汉和女人在沙滩上遛弯儿时忽然看见了二毛和他媳妇。老汉很兴奋，立在那里大声喊道：“二毛，你们夫妻俩也来啦？好，好呀！”

二毛说：“姑父，怎么偏偏碰到您啦？我本来是坚决不来，可是我媳妇非拽着我出来，结果……我们家里是女人当家，我拗不过她呀！”

葫芦说：“所以你就出来遛弯儿啦。”

看了看天上的一弯月亮，二毛背着手走了过来，然后很严肃地说：“姑父，我得给您纠正一下，我们这不叫遛弯儿叫散步，明白了吧？”